10/20

Les Éditions du Boréal
4447, rue Saint-Denis
Montréal (Québec) H2J 2L2
www.editionsboreal.qc.ca

L'HOMME BLANC

DU MÊME AUTEUR

L'homme blanc, roman, Le Quartanier, 2010 (*Kolia,*
   Gallimard, 2011); Boréal, coll. «Boréal compact», 2013.

Perrine Leblanc

L'HOMME BLANC

roman

LE QUARTANIER

© Le Quartanier 2010 pour l'édition originale
© Les Éditions du Boréal 2013 pour la présente édition

Cet ouvrage a d'abord été publié par Le Quartanier en 2010.

Dépôt légal : 1er trimestre 2013
Bibliothèque et Archives nationales du Québec

Diffusion au Canada : Dimedia

Catalogage avant publication de Bibliothèque et Archives nationales
du Québec et Bibliothèque et Archives Canada
Leblanc, Perrine, 1980-
    L'homme blanc
    (Boréal compact ; 239)
    Éd. originale : Montréal : Le Quartanier, 2010.
    Publ. à l'origine dans la coll. : Collection Polygraphe.
    ISBN 978-2-7646-2217-9
    I. Titre.
PS8623.E354H65   2013   C843'.6   C2012-942752-7
PS9623.E354H65   2013

À mes frères

Ne compare pas : le vivant ne se compare pas.

OSSIP MANDELSTAM
Les cahiers de Voronej

PREMIÈRE PARTIE

Les monts K.

DANS LA ZONA il dirait aux autres prisonniers : J'ai volé pour la première fois à l'âge où les enfants apprennent à lire. C'était sa façon de résumer les premiers temps de son art.

Il s'appelait Nicolas mais tout le monde le surnommait Kolia. En prison, après l'implosion de l'Union, il découvrirait la pérennité de certaines conditions d'existence dans les enclos, où les hommes devenaient des bêtes marquées.

Il traîna avec lui dans le monde libre l'odeur des chiottes du camp et des morts qui se découvraient au printemps. Cette odeur reste en mémoire et sur soi. Les corps qui revenaient du bagne étaient indécrottables.

Kolia vit le jour en 1937 dans un camp de travail. Il a toujours préféré taire le nom complet de son lieu de naissance. Nous nous contenterons de dire qu'il s'agit des monts K. La Sibérie recouvre environ treize millions de kilomètres carrés. À certains endroits, c'est une fosse commune et septique.

On avait connu les katorgas, ces travaux forcés compris comme châtiment dans le système pénal de la Russie impériale. Les camps de Staline reprirent l'idée d'une structure punitive extrême pour isoler les ennemis, peupler le territoire réputé hostile et, afin d'inscrire le projet dans l'idéal socialiste tel qu'il le voyait, rééduquer par le travail les citoyens hors normes. Dans le Grand Nord, on s'évadait surtout par la mort. Le froid, les rations qui variaient selon la qualité du travail, les maladies et engelures qui entraînaient souvent la perte de membres, la vie diminuée comme une peau de chagrin, la sexualité déviant du désir naturel pour la plupart des gars, c'était le quotidien au village, une prison ouverte composée de baraquements.

Des circonstances qui le firent naître au dispensaire du camp, il ne saurait pratiquement rien. Il est facile d'imaginer que sa mère accoucha accroupie comme une sauvage, le tirant hors d'elle dans ses propres matières fécales et l'indifférence du public médical déporté. On ne lui avait pas permis d'avorter, même si la pratique était légale.

L'homme qui donna à Kolia son patronyme, Vladimirovitch, n'était pas vraiment son père; son géniteur, mais il ne le sut jamais, était un fonctionnaire qui avait violé sa mère. Kolia vécut d'abord avec elle dans le baraquement des femmes, puis voyagea entre la crèche et leur couche commune. On le traita comme un enfant qui compte peu, mais, parce que sa mamka avait des avantages sur les autres, il eut droit à l'essentiel pour se développer. Son « père » avait été professeur et se méfiait de la politique, sa mère jouait du piano et chantait bien. Sur dénonciation anonyme, on les avait déportés au nord de Moscou, puis, ensemble, à l'extrême est. *Ensemble,* c'était une chance. On épargna à sa mère les travaux lourds du fait de sa grossesse et de son talent pour la musique. Chaque semaine, elle donnait un récital pour le personnel libre dans les locaux vétustes qui avaient déjà abrité le Département culturel et éducatif du camp. Les apparatchiks n'avaient pas le cœur à la bonne place, mais, parfois, ils avaient du goût.

L'enfant Kolia s'amusait souvent avec une boule de quille fabriquée sur place par sa mère durant le dernier mois d'été qui avait précédé sa naissance. La surface du jouet était irrégulière. Pendant qu'elle travaillait son chant et reprisait les vêtements des Services, il détaillait la boule et la caressait ; il en connut assez vite les aspérités. Il dormit avec sa mère, but son lait tant qu'il put. Les enfants nés entre les murs devaient en général être séparés de leur mère avant de se mettre à marcher, si on pensait à le leur apprendre sinon ils rampaient jusqu'au trou de leur mort. Kolia eut la chance exceptionnelle de rester auprès de la sienne jusqu'à ce qu'elle disparaisse. Voilà qui pourrait expliquer qu'il ait aussi appris à s'exprimer autrement que par des sons inhumains, à pisser et à déféquer comme les hommes debout qui vivaient près de lui.

Quelques semaines avant sa mort au camp, à quarante ans, le père ne pesait pas plus qu'un paquet d'os.

Kolia avait six ans lorsque ses parents moururent ; il était assez fort pour porter la boule de quille dans ses bras. Le père creva de fatigue ; la mère disparut. Un homme qui n'était pas son père, ni son géniteur, ni l'un des gardiens de la crèche, lui apprit la nouvelle. L'histoire n'a pas retenu son nom, Kolia non plus. L'homme, qui n'avait rien d'un personnage de la Bible, dit seulement :

— Rassemble tes affaires et suis-moi.

On lui attribua un matricule pour l'identifier, mais son statut était flou, entre prisonnier et enfant soviétique. Il put conserver la boule de quille, une couverture assez rêche, celle de sa mère, et les vêtements qu'il portait. Le caban rembourré qu'on lui donna était deux fois trop grand pour lui. L'ourlet des manches fut replié sur le coude mais retombait souvent dans la soupe. Kolia suçait l'ourlet goûteux entre deux tâches, ça lui donnait l'illusion de manger. On le transféra dans une chambre de baraque qu'il partagerait avec des garçons sans cheveux. On rasait les prisonniers à la lame nue et au savon noir. La main qui rasait appartenait toujours à un barbier zek. Un crâne nu n'est jamais lisse : il laisse voir les blessures, les irrégularités de la structure et la pointe drue des cheveux qui repoussent.

Dès son arrivée à la baraque, qui portait aussi un chiffre, Kolia observa le crâne des garçons et les cicatrices qui en signaient la surface avec une attention anormale qui les mit tous mal à l'aise. On le rasa rapidement comme les autres, même si son corps était impubère : avec sa crinière aux épaules, il ressemblait d'ailleurs à une fille. L'absence de miroir l'empêcha de s'examiner autrement que par le toucher. Il se mit à éprouver le froid plus intensément et à craindre sur la peau de son crâne les crises d'urticaire provoquées par les bonnets de laine. Mais il avait compris que le coton de ses vêtements de corps était tendre pour la peau, alors une nuit, il se glissa sous le lit d'un camarade et lui vola son bonnet de coton, qu'il porterait désormais sous le bonnet de laine pour se protéger du froid de l'hiver total et du feu des crises.

En principe, on aurait dû l'envoyer à l'orphelinat, dans le monde libre, mais la ville la plus proche était trop loin. On préféra le garder pour le travail. On espérait aussi lui découvrir un don pour le chant, mais il chantait faux. Il avait droit à sa kacha du matin, à son bol de soupe midi et soir, à un pain, à de l'eau et à du poisson parfois ou, plus rarement, à de la viande séchée, mais pendant quelques années, jusqu'à l'âge de dix ans pour tout dire, on ne lui confia pas d'autre tâche que celle de vider les seaux communs et de récurer les chiottes. Certains prisonniers l'envièrent et il dut, pour obtenir un semblant de paix dans la baraque, céder la couverture de sa mère. Manque de chance pour Kolia (la chance remplaçait Dieu au camp), le caïd qui menaçait de le battre à mort voulait plus.

— La moitié de ta ration de pain.

Kolia, que rien n'étonnait, pas même une déclaration de guerre du pain, tint bon.

— La couverture, mais pas le pain.

Il était petit, maigre comme tous, mais sa résistance aux éléments et à la cruauté, surprenante chez un enfant né dans la pourriture humaine du camp, jouait en sa faveur dans ses rapports avec les autres. Le caïd aux dents pourries le laissa tranquille, car voler le pain d'un autre zek, c'était un crime passible de la peine de mort qu'ils arrangeaient entre eux. À la puberté, après que le caïd eut été fusillé pour avoir tenté dans un geste suicidaire de franchir le périmètre de sécurité, Kolia récupéra son étoffe usée.

De temps en temps, l'été surtout parce que les journées de travail étaient plus longues, on lui demandait aussi de nettoyer la chambre du médecin, un homme cultivé qui vivait au camp avec sa famille. Il eut accès à la bibliothèque du fonctionnaire. Il se passionna pour les caractères imprimés. Il passait souvent ses doigts sur les phrases. Il respirait le creux des livres parce que ça sentait bon. Il ne comprenait pas ce qu'il touchait. Personne au camp n'avait eu l'idée de lui apprendre à lire.

Zek

CHAQUE MATIN, on sonnait la cloche pour réveiller les hommes. Ceux qui s'entêtaient dans le sommeil recevaient le bonjour du gourdin des gardiens, choisis parmi les prisonniers du camp pour mettre de l'ordre dans les affaires internes : la racaille, qui conchiait les ennemis du peuple que la propagande avait réduits dans son message à l'état de bêtes. La population du camp se composait de marginaux, de criminels endurcis, d'opposants politiques, de prisonniers de guerre, de fonctionnaires arbitrairement déchus. Kolia n'appartenait à aucune catégorie, quoique celle des opposants politiques pût bien inclure une sous-section pour leurs fils et filles.

Les hommes potables, c'est-à-dire assez forts pour travailler comme des bœufs, passaient la journée dans les mines d'or. Les plus maigres encore valides mangeaient moins : ils abattaient des arbres avec les femmes ou déblayaient les routes enneigées. Les autres, en fin de course, les « crevards », étaient rationnés sévèrement et mouraient vite.

Un poste de contrôle était planté à l'entrée du camp, qu'un slogan exaltant le socialisme et la liberté par le travail décorait sobrement. Des barbelés entouraient la zone carcérale proprement dite. Les baraques de bois ou de pierres, construites par des zeks morts depuis, protégeaient à peine les hommes du froid et du bruit ; le vent passait entre les planches des parois, s'engouffrait, et son sifflement rendait fous les plus fragiles. Le sol des baraques, construit avec des lattes de bois humide, pourrissait là où les hommes faisaient leurs besoins la nuit : de leur couche lorsqu'ils étaient incontinents, comme les pendus ; au sol sans gêne lorsque l'envie naturelle et relativement maîtrisée les prenait.

Un an après leur arrivée dans les monts K., la majorité des zeks parqués dans cette région du bloc mouraient. Kolia a toujours échappé aux statistiques. Les conditions s'étaient d'ailleurs légèrement améliorées au camp depuis la fin de la guerre ; on travaillait deux ou trois heures de moins qu'avant mais une dizaine d'heures par jour quand même. Il avait de plus en plus faim, à mesure qu'il grandissait, mais sa ration ne fut jamais bonifiée. La faim s'ajoutait aux autres violences faites aux corps ; l'âme, elle, était une histoire de grand-mère beaucoup trop compliquée que personne n'avait racontée à Kolia.

À dix ans, il ne chantait pas, n'avait aucun talent particulier, était affable sans être mou, parlait peu et travaillait bien. À la différence des autres enfants nés comme lui au camp, il ne criait pas et savait parler. Il avait appris à ne pas provoquer les gens, mais se faire discret ne garderait pas toujours des coups, parce que la violence, c'était le lot quotidien des chétifs avec qui il vivait. Au bagne, les prisonniers appartenaient à l'un ou l'autre de ces camps : ceux qui se battaient et ceux qui avaient abandonné. Kolia n'avait pas envie de mourir, mais il ne connaissait rien du monde libre.

Un soir, un homme s'installa dans son lit, comme c'était déjà arrivé six fois avec des prisonniers malades. Le partage des couches était fréquent l'hiver, lorsqu'on ne pouvait plus faire corps avec le sol glacial. Mais cet homme était en bonne forme physique, moins maigre que les autres et propre (pourtant, dans les baraques, les corps ne sont jamais propres, on les désinfecte et on les rase pour limiter l'apparition de bêtes, des pous en général).

— On dort ensemble, maintenant. Je m'appelle Iossif.

— Kolia.

— On parlera demain.

Il fallait être attentif pour bien comprendre son russe – formellement correct cela dit –, parce que ses *r* n'étaient pas roulés mais secs, des *r* de tête ; l'homme était Suisse. Il avait une voix grave, dépourvue d'agressivité. Il rangea ses affaires, mit ses vêtements d'extérieur dans une poche qu'il déposa à la tête du lit : son oreiller. Kolia lui tourna le dos et s'endormit en position fœtale. Même s'il en paraissait trente, Iossif avait vingt ans. Son visage était déjà ridé autour des yeux, qu'il devait plisser pour distinguer les visages à plus de deux mètres. Une bagarre avait laissé au-dessus de sa lèvre supérieure une cicatrice boursouflée et il avait hérité de son père une myopie qui fait vieillir les paupières prématurément. Il était bien charpenté, beau dans l'ensemble même s'il avait une tête de moins que les autres adultes dans la baraque. On ne l'avait pas casé avec les étrangers.

Au moment où le carillon sonna le lendemain matin, le type était déjà debout, habillé et prêt pour la kacha. Kolia faisait mine de replacer le lit dans le bon angle, délaçait sa bottine trouée parce que, disait-il, une enflure sur le cou-de-pied droit le faisait souffrir. Il traînait. L'autre l'attendait pour quitter la baraque.

— Tu ne laveras rien ce matin. Dépêche-toi.

— Qu'est-ce que tu veux ?

— On m'a demandé de t'apprendre à lire.

Kolia le toisa en soufflant.

— Dans quelle langue ?

— La tienne.

— Tu parles drôlement.

— Ça ne s'entend pas quand je l'écris, Colin.

— Kolia.

— C'est ça.

Kolia dormait avec ses vêtements de corps. Il n'avait jamais assez chaud. Il portait la couverture par-dessus son parka, le jour ; même si la surcharge le ralentissait, il avait peur qu'on lui vole ses affaires. Il se vêtit rapidement, enfila son parka, son couvre-parka, sa chapka, ses gants et suivit l'homme dehors. Iossif, il avait dit.

Ils mangèrent en silence. Kolia le jaugeait, l'observait par en dessous ; le Suisse, amusé, se laissait faire. Kolia attendait les instructions de son nariadtchik, un voleur de bijoux déporté que le Service avait nommé « chef ». D'habitude, il passait l'avant-midi à nettoyer les chiottes et les bacs qui servaient pour le trempage et la désinfection des vêtements souillés (la plupart du temps, on les faisait tout simplement bouillir). Après le repas du midi, depuis peu, on lui confiait des sous-tâches répugnantes, comme de nettoyer sans gants de protection les plaies infectées et les membres gangrénés, au dispensaire. Le soir, il écoutait les hommes parler de Moscou et chanter des poèmes en fumant du mauvais tabac. La fumée n'arrivait jamais à camoufler l'odeur âcre des corps sales et des pestilences, mais elle calmait pendant une soirée les prisonniers les plus violents qui s'agitaient moins à ce moment-là.

Le répartiteur s'approcha et lui dit simplement que les choses changeraient à partir de maintenant. Il avait une voix métallique. Kolia apprendrait à lire. Tous les matins à partir d'aujourd'hui, on lui apprendrait à compter et à écrire le russe ; l'après-midi, il reprendrait son travail aux chiottes. On lui fit comprendre qu'il avait de la chance.

Après la soupe de céréales et l'appel matinal, Kolia suivit le Suisse dans un local à peine chauffé par un four. Une ardoise était fixée au mur. On ne fournissait aucune craie. Sur un autre mur, en chien de faïence de l'ardoise, un portrait. Kolia avait déjà vu le visage de l'homme encadré dans ce qu'on pourrait appeler le journal du camp. Il demanda qui était l'homme. Le Suisse répondit « Staline ».

Un cahier et deux crayons sur la petite table pour les exercices, le sifflement du vent, des voix, des bruits sourds de pelle, des cris isolés ou étouffés qui ne duraient pas. Kolia était seul avec son professeur ; un garde était en principe posté à l'extérieur du local, mais il se montrait rarement. Ils pouvaient se parler à peu près librement ; une forme de repos.

Mais Kolia ne parlait que lorsqu'on l'invitait à le faire, il écrivait si on le lui demandait, il attendait, avant de s'asseoir, qu'on l'autorise à le faire, il lui avait même fallu apprendre à s'asseoir droit, parce que c'était plus facile de rouler les épaules et de fixer le sol, ça demandait moins d'énergie ; on lui avait appris jusqu'à présent à obéir, mais Iossif avait remarqué que les muscles de son cou étaient tendus ou tressautaient dans les moments violents, qu'il avait le regard intelligent, et que ses réponses, pendant le genre de classe qu'ils s'étaient organisée, étaient toujours correctes. Alors, un matin durant l'année qui suivit leur rencontre, il décida de lui apprendre, en plus du russe, du calcul et du français, à survivre dans les chiottes de l'URSS.

— Ça s'appelle « Le code du zek ». Tu vas l'apprendre par cœur.

Et il commença l'enseignement des règles qui étaient les siennes depuis son arrivée en Sibérie, celles que le petit adopterait comme son art de la guerre.

1) Mange moins que ta ration quotidienne (pour habituer ton corps à la faim). Ne mange pas tout ton pain le matin. Cache ce qui te reste dans ta poche.

2) Ne donne jamais le surplus aux caïds, fais plutôt du troc, et arrange-toi pour avoir l'avantage dans l'échange.

3) Sois discret, ne te fais remarquer que si tu es le plus fort et que l'autre n'a pas la possibilité de te détruire.

4) Quand tu seras en mesure de le faire, lis dès que tu peux. Si tu ne peux pas, récite dans ta tête quelque chose qui ne vient pas de toi, même les paroles délirantes d'un autre que tu as entendues. Essaie même de lire les inscriptions obscènes sur les murs.

5) Pratique le français quand tu as froid, faim; accorde tes verbes en français, décline en russe. Sois prêt à toujours répondre dans l'une ou l'autre des deux langues.

6) Imagine Moscou, ou Paris, ou Leningrad. Invente la ville d'après ce que je t'ai dit (sentir, voir, toucher, n'oublie pas).

7) Tu es libre dans ta tête, pense à ce que tu veux.

8) Surtout, mets systématiquement en doute ce qu'on te dit, pratique le doute comme une discipline.

Iossif fit ce qu'il put pour lui décrire le monde qu'il avait connu extra-muros. Ils se retrouvaient dans ce local, parlaient et écrivaient, assis à côté du four quand le froid extrême obligeait les gardiens à le mettre en marche. Iossif lui récita des poèmes entiers appris par cœur, russes et français; il joua selon ses moyens, maladroitement, quelques passages du *Roi Lear*; il lui décrivit son pays et la province française, qu'il connaissait un peu.

Kolia apprit sa langue dans le bruit des tirs de mitraillettes et des pics à pierre, et les hurlements de l'autre côté du mur. En hiver, les doigts gourds à cause du froid, il faisait ses exercices d'écriture cinq minutes à la fois, après quoi il posait ses mains au-dessus du four pour les réchauffer, bien que le russe soit une langue chaude qui monte du ventre. Par l'unique fenêtre de la baraque (trop petite pour qu'on s'y faufile), Kolia vit des cadavres, parfois ceux d'hommes qu'il connaissait ; il finit par ne plus rien éprouver à leur vue, il s'habitua à voir mourir autour de lui. Le froid paralyse les membres, la mort des autres, elle, a le pouvoir d'abrutir. Même si sa mère lui manquait, ou enfin, une présence dont il se souvenait, la réalité du camp le ramenait au présent, aux besoins primaires à combler, et vers l'intérieur, vers soi. Il s'attacha à Iossif, qui poursuivait son enseignement la nuit et parlait français de temps en temps. Iossif disait que chaque langue est un monde en soi. Il craignait les coups des gardiens, mais pratiquer sa langue maternelle lui permettait d'échapper au temps qui se présentait en bloc dans les monts K. Personne ne connaissait la date de son arrivée au camp de travail, pas plus qu'on ne savait ce qui l'y avait mené.

L'autorité des gardiens, gardes, commandants et prisonniers à gourdin à qui on avait permis de dominer les autres était généralement solide. Un soir, au retour de la mine, un zek battu par un gardien avait cherché à se venger sur un collègue en le dénonçant, lui attribuant d'hypothétiques propos au sujet de l'Ukraine. Voir les autres souffrir, écraser plus petit que soi, chier sur la tête d'un homme qu'on estimait inférieur à soi, selon le système des castes au camp, c'était une petite revanche sur l'enfer. Le gardien ramassa le type par le gras du cou, autant dire par un nœud de la colonne, lui plongea la tête dans le trou à merde et présenta sa face barbouillée au mouchard. Officiellement, on était tenu de traiter les prisonniers avec rigueur.

— Lèche-le.

Kolia, à douze ans, avait déjà assisté à de telles scènes : le garde Ousov n'avait pas fumé depuis la veille, il fallait lui trouver du tabac pour le calmer.

— Lèche son visage.

Le gardien frappa le zek au tibia et haussa le ton. Son russe était vulgaire. Il remarqua que Kolia mimait pour Iossif le geste de fumer. Il allait le ramasser par la gorge, mais Iossif s'interposa.

— Je peux t'avoir du tabac demain soir, dit le Suisse.

La promesse calma Ousov, qui, en se retournant, ordonna au mouchard de s'agenouiller.

— J'ai dit : Lèche-le.

Le type lécha le visage, puis vomit de la bile en s'étouffant. Le gardien le frappa à l'oreille droite du revers de la main.

— Nettoie-lui le visage complètement.

La nuit, Kolia et Iossif se surveillaient pour ne pas être humiliés de cette façon, parlaient français en cachette, en cuillère, lorsque les autres dormaient, et ils se taisaient dès qu'un bruit menaçait.

Avec le temps, Kolia sut que son mentor était le favori d'une personne importante. Iossif travaillait toujours à l'intérieur et un peu moins que les autres. Il mangeait mieux et recevait du courrier en français. Si recevoir du courrier était rare, en recevoir qui soit rédigé en français et non raturé par une main fonctionnaire et inconnue relevait du phénomène. L'expéditeur s'appelait Tania, c'était la sœur de Iossif, elle vivait à Moscou avec un homme qui n'était pas son mari.

Il arrivait que Iossif s'absente la nuit. Kolia faisait alors le mort et savait d'instinct qu'il ne fallait poser aucune question. Le lendemain, le Suisse revenait avec une lettre. Tania relayait les nouvelles importantes du monde. Elle retranscrivait dans sa correspondance des poèmes entiers en français : des œuvres dont la lecture était autorisée, d'autres qui circulaient sous le manteau. Kolia tira son vocabulaire francophone des textes de Max Jacob, Apollinaire, Villon, Hugo. Avec Cendrars, il traversa son pays pour la première fois.

Lorsque Kolia eut quatorze ans et qu'un bougre se mit à le détailler dans les douches, qui auraient rappelé l'horreur à un survivant d'Auschwitz, Iossif compléta en classe de baraque son «Code du zek».

9) Si on te met la main au cul, dis que tu es malade. On te laissera peut-être tranquille.

Kolia passa seize ans au camp, et Iossif ; Iossif, on ne le sait pas vraiment, six, sept, huit ans peut-être ?

L'homme nouveau

EN 1952, quelques mois avant la mort de Staline, Iossif disparut à son tour. La mort était une fin logique au camp, mais Kolia, qui avait seize ans et gardé l'habitude de parler peu, ne put se satisfaire de la version officielle et sèche de la disparition qu'on lui avait déjà servie au sujet de ses parents.

Il approcha l'homme qu'il avait vu plusieurs fois avec Iossif. Le type lui remit une enveloppe en lui demandant de la cacher, sinon ils auraient tous deux des problèmes.

— Quel genre de problèmes ?

L'homme ne répondit pas, mais il ferma les yeux très fort et la ride du lion apparut. Lorsqu'il les rouvrit, Kolia avait compris. Il lui demanda où se trouvait Iossif, mais l'homme, qui était des Services, lui répondit de se taire, ce que Kolia faisait de toute façon la plupart du temps. L'homme regagna le bâtiment des fonctionnaires après lui avoir tapoté l'épaule.

Staline mourut en mars 1953. Khrouchtchev serait nommé premier secrétaire du Parti en septembre. Des amnisties furent accordées aux prisonniers. Kolia fit partie des premières cohortes de prisonniers libérés, ces *hommes nouveaux* souhaités un temps par Staline, des hommes hagards, en fait. Il quitta les monts K. au début de l'automne, emporta sa couverture élimée (celle de sa mère n'avait pas tenu le coup), des vêtements de corps pleins de poux, un pantalon de laine qui lui faisait des plaques d'allergie sur les mollets et les cuisses, une chemise, une veste chaude mais trouée, un couvre-chef de minier, des gants, l'enveloppe contenant les papiers de Iossif et les siens. Il emportait aussi quelques roubles gagnés en travaillant. On le lâcha à Magadan comme dans une jungle.

Les bagnards avaient pratiquement construit Magadan. Sur la route – une route qui, dit-on, contient dans son ventre des ossements de prisonniers réduits en poudre –, entre le camp et la ville, un type réhabilité formula le souhait de prendre le train pour rentrer à Moscou, sa ville natale.

— Mon fils a vingt-cinq ans, ma femme, quarante-cinq. Elle était belle. Elle est encore belle, je le sais, parce que sa mère l'était à cet âge-là.

Kolia s'était tenu près de lui pendant le voyage entre les monts K. et Magadan.

— Si je pouvais, je te suivrais jusqu'à Moscou, Aliocha.

— Mais viens, dit le type. Viens, demande un visa ici. Ma femme fait la meilleure soupe. Mon Dieu, le goût de cette soupe.

— Mais tu as tout ce qu'il faut pour rentrer chez toi ? demanda Kolia.

— Oui oui, dit le vieux en brandissant ses papiers, j'ai tout, tout est en règle. Dès que je mets les pieds dans ma chambre, je ferme la porte et la bloque avec une chaise, et je me fourre la tête entre les seins de ma femme. Elle s'appelle Anna.

Et il décocha à Kolia un sourire d'édenté. Il lui restait une seule dent, une molaire douteuse, grise et pas très stable, dont la solitude choquante vers laquelle le bout de la langue épaisse pointait immanquablement vieillissait l'homme d'une bonne vingtaine d'années ; d'après les papiers, il avait cinquante ans. Tout le monde avait l'air vieux en sortant des camps.

Après s'être rapporté aux autorités, Kolia décida de traverser la Sibérie de cette manière, en train. On leva un sourcil, on rigola franchement avant de lui dire que c'était impossible, puis on l'autorisa à s'installer à Khabarovsk, où se rencontrent les fleuves Oussouri et Amour, à quelques dizaines de kilomètres de la Chine.

En arrivant à Khabarovsk, à sa descente de voiture, après avoir navigué sur deux mers, celles d'Okhotsk et du Japon, il fut saisi par la géométrie des bâtiments, des immeubles d'habitation gris, et le dessin des trois collines où l'on a construit la ville. La rive droite du fleuve Amour lui donne ses plages de sable, mais est-ce qu'on a envie de se baigner quand on a le corps de Kolia ? Kolia ne connaissait du monde que les pins, la végétation habituelle des monts K., la neige, la pointe des montagnes, l'horizon un peu lunaire et la longue route abrutie qui l'avait mené du camp à la ville portuaire. À Magadan, il n'avait rien vu, gelé, et enfermé en lui-même, comme un automate il avait suivi les autres.

Il ne sut pas vraiment comment vivre en homme libre au début. Un langage était à apprendre. On lui offrit une pension maigre et il put se reposer quelque temps, après quoi on lui assigna un travail. Une douleur à la hanche le faisait boiter de temps en temps. Le monde soviétique était juste un peu plus libre que le bagne.

Il n'avait pas encore tout à fait l'air d'un homme. Enfin, c'était difficile de lui donner un âge. Il était maigre, avait les cheveux drus, un visage glabre mais déjà marqué. Il arrivait du camp, c'était écrit sur sa face et ses papiers, ses vêtements puaient. La dame qui lui remit la clef de sa chambre, incapable de le regarder dans les yeux, dicta à son épaule les règles de l'immeuble. On avait entendu les mensonges des hommes libérés des camps, leurs fausses vérités sur la vie là-bas, on croyait plutôt à leur folie. Kolia ne savait rien de la vie en société, il ne fit donc aucun cas de la méfiance de sa concierge.

Pendant trois mois de repos, invalide, il ne quitta sa chambre que pour se procurer de la nourriture. La ville l'effrayait, il se sentait menacé et surveillé partout. Il était surveillé par tout le monde. Il n'adressait la parole à personne. Au bout de ces trois mois, il se résolut à la vie qu'on lui imposait : il travaillerait parce qu'il était jeune et qu'il avait pris du nerf, du muscle. Il passa tout son temps de travail à la maintenance des routes. Cet hiver de 1953–1954, il pelleta et dégagea les rues de son quartier, déblaya la neige, fendit la glace jusqu'au gravier. La routine était familière, mais ses muscles, qui n'avaient pas fondu au camp puisqu'il n'en avait jamais vraiment eu, se développèrent à une vitesse étonnante, dans la douleur. La peau de ses bras se couvrit de vergetures rouge vin. Il dormait mal, cherchait le bruit des autres dans sa chambre, ne ramenait chez lui que le *toc* des pelles et pics, le silence réel était en trop. Il aurait peut-être préféré vivre dans un foyer à cette époque, dans l'odeur, la chaleur et la violence des autres. Il n'arrivait pas à utiliser les toilettes normalement et préférait vider chaque matin dans la cuvette, avant le lever de ses voisins, le pot de chambre dans lequel il se soulageait. Il lui arriva de penser que mourir serait plus simple.

La nourriture était plus abondante qu'au camp mais pas très variée. Kolia ne cuisinait pas. Pendant des mois, il ne se nourrit que de pain dur, de chou bouilli, de bouillon et de poisson séché. Il apprit à boire le thé, qui le faisait pisser comme un enfant, mais qui calait bien lorsque les provisions manquaient. Il développa son goût et décida qu'il aimait la cardamome dans le thé fort.

On le réhabilita au printemps 1954. Il eut droit à un papier officiel lui permettant de circuler sur le territoire, mais aucun document concernant sa mère, surtout, et son père, dont il ne savait toujours rien, ne lui fut remis. Ses nouveaux papiers étaient une sorte de passeport intérieur sur lequel on avait entre autres inscrit sa nationalité, russe, et sa citoyenneté, soviétique. Ce document, sans lequel tu ne pouvais pas circuler et t'installer à Moscou, devait recevoir le tampon de la propiska. La propiska était un statut administratif acquis au moment de l'enregistrement du lieu de résidence et permettait aux autorités soviétiques de contrôler le mouvement des populations sur leur territoire et de protéger les grandes villes des caïds amnistiés et des enfants de dissidents.

Kolia écrivit une lettre à Tania, la sœur de Iossif. La lettre serait lue par au moins un tiers inconnu, qui la raturerait peut-être. Il ne prit aucune chance et la rédigea en russe. Il lui annonça dans des mots simples et sans risques son arrivée à Magadan puis la vie à Khabarovsk, sa réhabilitation et son désir très fort de s'installer à Moscou. Il parla de la disparition de Iossif mais n'osa pas écrire le mot « mort ». Il dit comment Moscou le tentait. Il fit quatre brouillons sur le verso de deux boîtes en carton. Il cita sans mentionner la source un poète russe qu'il n'aimait pas, en détournant le passage pour le simplifier, en l'intégrant dans le corps de sa lettre comme s'il s'agissait de ses propres mots : Je traverserai ma patrie en passant de côté comme une pluie oblique d'été. Tania comprendrait peut-être, il avait envie de l'impressionner, le voyage pourrait se faire cet été-là. Il déposa la lettre au bureau de poste et compta les jours. Il s'impatienta, se mit à rêver. Il commençait à prendre la mesure du temps et de son pays. Il était libre depuis six mois. Il avait perdu la seule personne qui avait compté pour lui ; il se raccrocha à Tania, dont il connaissait la phrase sèche en français et le visage en photo.

La photographie format passeport, prise à Moscou, datait de 1951. Il était écrit au verso, à côté de la date, le nom du sujet : Tania Branch. Elle faisait partie des documents contenus dans l'enveloppe de Iossif. Le visage de Tania dormait avec Kolia depuis des mois comme une image pieuse. Elle était la copie conforme de son frère, mais ses yeux étaient moins ridés et ses cheveux bouclaient à partir des épaules. Il n'arrivait pas à approcher les femmes qu'il désirait comme un adolescent, dans le chaos, à Khabarovsk, mais cette photo ne le quittait pas.

Quarante-deux jours plus tard, Kolia découvrit que la phrase russe de Tania n'était pas courte comme en français mais ample et souple, presque sinueuse : elle devait par écrit se frayer un chemin jusqu'au sens et à la vérité, comme s'il fallait les déterrer.

Vers Moscou

DANS SA VALISE il avait mis ses économies de nourriture, soit quatre saucissons, du hareng fumé, trois
miches de pain (dont une, très dure, déjà tranchée, qu'il
pourrait tremper dans le thé noir) ; ses papiers et le reste,
presque rien. Entre ses lèvres, roulé serré comme une
cigarette, son ticket pour Moscou. Le temps était doux,
mais pas encore assez sec pour les bourrasques de poussière qui rayent les dents.

C'est en observant les passagers sur les quais qu'il
sut où et comment monter en voiture. On contrôla ses
papiers, sur lesquels son lieu de naissance était la seule
trace du goulag, puis le provodnik de la voiture se ficha
devant la porte.

— Ticket.

En le déroulant, Kolia échappa son sac sur le quai,
la couverture du camp s'étala. Le provodnik, dédai-
gneux, recula. Il n'avait pas contrôlé les papiers, c'était
la tâche d'un autre employé, mais, sur l'étoffe, dans un
élan fantaisiste, Kolia avait brodé son prénom, son nom

patronymique (Nicolas Vladimirovitch) et trois dates :
1937, 1943, 1953. C'était trop original pour les alentours.
Les grandes purges, la guerre, la fin de Staline ; pour le
récit intime, c'était les branches connues de son arbre
généalogique sans tronc.

Il s'installa sur la banquette près d'une fenêtre, derrière une famille nombreuse qui traînait avec elle une
nourriture sentant fort mais bon. Il mangea un peu de
pain en attendant le départ. Le compartiment ouvert
se remplit en quelques respirations. Moscou, qu'il avait
vue en photo, était à près de neuf mille kilomètres de
là. Le train s'ébranla.

Le troc commençait déjà dans la voiture. On échangeait
des denrées contre des papirossi, des étoffes, des produits qui manquaient aux autres. On lisait le seul livre
que la préposée à la bibliothèque avait consenti à nous
prêter. On se préparait à dormir. On buvait du thé que
le responsable du compartiment offrait pour peu. On
ne chantait pas encore.

Un vieillard s'installa à côté de Kolia, déposa le front
sur ses mains ouvertes, coudes plantés sur les genoux,
et s'endormit, sa besace entre les pieds ; la salive, en
tombant, formait des taches sombres sur son pantalon
vert ; il descendit au deuxième arrêt. La foule du train
était hétérogène et pas encore dangereuse.

Au cinquième arrêt, Kolia acheta sur le quai de la
soupe froide à une grand-mère qui portait une icône
sur la poitrine. Il avait vu des icônes dans un livre,
mais jamais en vrai. Le visage peint était trop long à

son goût. «Maria», dit la vieille à l'iris droit opaque, à moitié aveugle.

Le train n'était pas réglé comme une horloge. Kolia décida de ne pas s'éloigner de la gare. Il avait les jambes lourdes et une douleur au bas du dos, sa hanche le faisait mourir. Il marcha quand même un peu sur le quai en détaillant l'un des wagons verts dont l'assemblage sur les rails avait coûté la vie à une grande ville de bagnards. Les enjoliveurs étaient rouge sang.

Tania avait réussi à lui obtenir, vu ses privilèges, un visa de quelques jours pour Moscou, qu'il faudrait faire prolonger en arrivant. Il accepterait en échange les petits boulots sanitaires que ses concitoyens refusaient en général et de dormir dans un foyer au lieu d'une chambre comme à Khabarovsk. C'était le prix à payer pour avoir accès à Moscou. Encore fallait-il attraper sa chance pour être du côté des exceptions.

Le train reprit sa course. Une jeune femme était assise à sa gauche maintenant. Cheveux châtains nattés et enroulés en chignon haut, profil bien marqué grâce au nez, sac aux pieds. Kolia fixa sa poitrine pendant au moins une minute. Il eut envie à la fois de la frapper et de la caresser. Il détourna le regard lorsqu'il réalisa qu'il bandait, glissa les fesses vers le bord de la banquette, enfonça ses genoux dans le dossier de devant pour se calmer. La fille changea de place. Il but un peu d'eau en regardant les passagers sur le quai et les vendeurs itinérants. La fenêtre était crasseuse : il cracha dessus puis l'essuya avec la manche de sa vareuse. Le gros de la saleté était à l'extérieur.

Il aurait pu dormir très bien dans le ronron et le bercement du train, mais le bruit et l'odeur – un mélange de désinfectant, de sueur, de cigarette, de crasse et de nourriture de toutes sortes – le tenaient éveillé jusque tard le soir. Ça ne lui déplaisait pas. La nuit, là-bas, le ciel est très noir, tout le monde a l'impression d'être aveugle, les étoiles servent réellement de points de repère. Juste avant le petit matin, qui change chaque fois que le train pénètre dans une nouvelle zone et qu'on recule d'une heure, Kolia finit en général par s'endormir pour quelques heures, épuisé. Sa position de confort : à genoux sur le plancher de l'appareil, la tête au creux de ses bras reposés sur le siège, enfourchant ses affaires pour les protéger du vol.

Le paysage qu'on voit défiler le jour est évidemment beau. Les rivières, les fleuves qui coulent vers le nord pour se jeter dans la mer arctique, l'immensité qui laisserait penser que tout est possible. Et le lac Baïkal, où la faune, si singulière, est une exception sur terre, que le train contourne et longe au sud sur des kilomètres. Le pays est là pour faire espérer. Les pancartes immenses à l'effigie des figures marquantes du socialisme plantées dans le sol et installées dans les gares le rappellent également. On trouve encore des affiches cartonnées avec la gueule de Staline. Ilitch est lui aussi partout.

Kolia se répétait souvent ce que Iossif lui avait dit pour le requinquer, au camp, son code : Sois plus faible que l'agresseur en apparence. Il faut respirer moins que l'ennemi. Il faut manger deux repas sur trois pour habituer son corps à tenir avec la faim. Il faut dormir moins et penser plus. Il faut lire tout ce que tu peux et ce que tu veux. Surtout, il faut mettre systématiquement en doute ce qu'on te dit, même dans les livres, même chez Victor Hugo. Même ce que je te dis.

Par grand vent, la poussière entrait dans le train. Les passagers expulsaient dans le mouchoir un mucus noirci de filaments de suie.

À Irkoutsk, une bande de voyous prit le contrôle de la voiture. Pendant les moments de repos du provodnik, ils menaçaient plus pauvre qu'eux.

— Fais voir ce que t'as dans ton sac.

— Je te le conseille pas.

— Tu réponds pas, OK ? Tu dis rien, tu ouvres, et tu vides devant nous. On verra ce qui nous plaît dans tes affaires.

— Je te le conseille pas.

Le petit voleur, qui n'avait pas plus de quinze ans, attrapa Kolia par le collet et répéta entre les dents pour imiter les grands caïds :

— Fais voir ce que t'as dans ton sac.

— J'ai dit que je te le conseillais pas.

Le voyou lui mit sous le nez un couteau de montagne, mais Kolia le stoppa net en immobilisant son poignet et en redirigeant la pointe de l'arme.

— T'as mal évalué ta victime, petit chef.

Kolia lui remonta le poing dans les couilles et le jeta

dans l'allée, après quoi il attrapa la tour qui se tenait derrière et lui assena un coup dans le ventre, entre les intestins et l'estomac. Il releva sa manche et leur montra son tatouage de bagne.

Le chef cracha sur le sol, jura dans un patois que Kolia ne comprenait pas et disparut avec le reste de la bande, ses moitiés de cons. Kolia déroula sa manche. Lorsqu'il fit jour, les voyous avaient disparu. Sur la banquette, à part Kolia, un peu de sang séché et une montre de poche qu'il avait réussi à voler en douce. Voler un voleur, ça ne compte pas.

On change de continent à Pervoouralsk. La frontière entre l'Asie et l'Europe est naturelle, et le panorama s'aplatit. La plaine est trop grande pour l'homme, il faut un quart de millénaire pour la connaître.

Après l'épisode des voyous, Kolia dormit tout le temps, poussé à bout et engourdi par le rythme monotone du train. Quelques isbas se dressaient au milieu de nulle part, rudimentaires mais vraisemblablement habitées. Un enfant frustré pleurait sans arrêt, léchait sa morve et pissait dans les coins. L'ivrogne de la voiture, qui n'était pas son père, l'engueulait par intervalles d'une voix traînante. La mère semblait fatiguée. Elle fixait un point mouvant derrière la fenêtre et ne portait aucune attention à l'enfant.

Kolia ne quitta sa place près de la fenêtre que pour aller boire et se soulager. Les passagers, à l'approche de Moscou, annonçant la ville, se multipliaient. Le thé manqua. Les passagers voulaient boire chaud même s'il faisait chaud, mais le provodnik se contenta de répéter : Nous arrivons.

Le train s'immobilisa enfin à la gare Iaroslavl le jeudi 5 août 1954 au point zéro du parcours. Il était passé par deux continents et sept fuseaux horaires. Kolia attendit que la voiture soit vide pour se lever. Le provodnik lui fit comprendre en montrant la sortie qu'il fallait y aller comme tout le monde, maintenant. Kolia chargea son sac sur l'épaule et salua. En sortant, bourré de trac, il manqua une marche de l'escalier de métal. Il fit trois pas sur le quai, puis, en chute de pression, les jambes comme du coton, il s'effondra au pied d'un homme. Pathétique, la chute n'en était pas moins parfaite.

Moscou

TANIA ET SON COMPAGNON le trouvèrent sur la place Komsomolskaïa devant la gare, contrôlé, encore sonné. L'homme qui l'avait aidé à se remettre sur pied s'éclipsa à leur arrivée. Kolia portait comme prévu une sorte de foulard pourpre en guise de brassard. Il reconnut le visage de Tania, lui tendit la main, puis il salua son compagnon d'un signe de tête, comme il avait vu les hommes faire entre eux.

Le premier soir, le couple le reçut dans le salon-cuisine d'un petit deux-pièces. L'appartement comptait en fait trois pièces, puisqu'on exclut la cuisine du calcul. L'homme les laissa en tête-à-tête, il avait affaire ailleurs à un camarade sur la même longueur d'onde que la tête du Parti. Tania cuisina une soupe consistante. Elle ressemblait un peu à son portrait de 1951. Petite et peut-être un peu moins jolie que sur la photographie. La lumière s'accrochait moins bien aux formes de son visage, en vrai. Pendant que le bouillon dans lequel elle avait jeté des pommes de terre, des betteraves, du chou et quelques morceaux de viande prenait de la saveur, Kolia eut l'impression qu'elle attendait qu'il dise quelque chose. Il parla de Iossif.

— Je ne sais pas, disait-il. S'il avait tenu encore quelques mois, peut-être, je ne sais pas. Je ne sais pas. Je n'ai jamais su pourquoi il était là. Il n'a jamais rien dit là-dessus.

Sa voix sonnait faux. Il n'avait pas beaucoup parlé depuis deux semaines.

— On m'a écrit qu'il était mort. On n'a pas dit « disparu », dit-elle en baissant le feu.

— À moi, on a dit « disparu ». Un type qui le connaissait, je pense.

— Il allait comment, la veille ?

— Bien. Enfin, il allait comme d'habitude.

La radio, posée devant lui sur la table de cuisine, crachotait quelque chose d'inaudible. Ils parlaient tous deux en russe. Toute autre langue aurait réveillé les murs.

— Ils t'ont envoyé l'argent à Moscou ? demanda-t-il.

— Oui. Presque rien. Avant son arrestation, il dépensait tout.

Kolia sortit de son sac les documents.

— Des carnets. Des gribouillis, des esquisses, des essais.

En déposant sur la table les carnets et le paquet de feuilles, il hésita à lui montrer les passages écrits concernant le fonctionnaire qui avait protégé son frère.

— Tu as de la chance, dit-elle.

— Comment ?

— La ville est fermée aux anciens prisonniers. Je ne pourrai pas t'aider souvent.

Il tria les documents, replaça les croquis dans l'ordre chronologique de leur exécution (Iossif datait tout), puis il décida de garder pour lui le journal intime, qu'il glissa dans une poche de son pantalon.

La conversation ne menait nulle part. Tania, distante, plus sèche que dans sa lettre rédigée en russe, semblait peu intéressée par les affaires de son frère. Elle changea de sujet. Elle parla des légumes de la soupe et de la viande, achetée par hasard le matin même pour presque rien. Il ne comprenait pas son indifférence. C'est qu'elle avait bien aimé son frère mais à distance, elle ne voulait pas d'ennuis maintenant ; Kolia, un membre honoraire du clan, on l'aiderait mais pas trop, on ferait comme l'avait promis le compagnon haut placé.

Le lendemain, on lui montra le foyer de travailleurs où il vivrait désormais, situé en dehors de la Ceinture des jardins qui délimite le périmètre de la beauté historique de Moscou. Le dortoir où il installa ses affaires accueillait entre dix et vingt hommes. Le lit était le seul espace privé alloué à chaque homme. Le couvre-lit était jaune, et l'oreiller, trop plat. On glissait un pull plié sous l'oreiller pour lui donner plus de volume. Kolia partagerait avec les autres hommes les dépendances et son temps libre, au terme d'une semaine de travail de quarante-huit heures qui comprenait le samedi. Les Juifs n'avaient donc pas la permission d'être Juifs dans le respect de leur tradition ; la mission de l'homme-machine, c'est de marcher vers le communisme, la liberté par l'éducation et le travail. La fratrie était rude, on recensait des vols à l'occasion, mais la plupart du temps des groupes se formaient comme dans toutes les communautés et on se rendait de menus services.

Kolia commença immédiatement son travail dans les égouts de la ville, sous les fondations d'un hôtel en construction. S'y rendant pour la première fois, il vit un taxi (les seules voitures qui sillonnaient les rues), d'immenses grues dans le bas du ciel, une ville vraiment électrifiée – et les tramways, glissant sous les fils, toujours bondés, qu'il préférera au métro.

Il eut pour tâche de passer les outils aux ouvriers et de charrier la boue et les roches, qu'un camarade allait ensuite porter en camion dans un trou en banlieue de la ville. Les ouvriers ne se parlaient pas beaucoup, se concentraient sur le travail à faire, il fallait respecter des quotas, l'émulation entre eux était une règle à respecter comme les quotas si on y adhérait dès le début. Les amitiés, finalement, se nouaient au foyer, parce qu'on était trop occupé, le jour, à vider le ventre de Moscou.

Kolia prit la pleine mesure de la ville au parc Gorki. En empruntant le pont piétonnier le plus près, qui surplombait la Moskova, il gagna rapidement le quartier Frounzenskaïa, celui des artistes de cirque et du Bolchoï, des éditeurs et des écrivains. Il l'habiterait plus tard. Des enfants, des hommes vieux et jeunes, des femmes vieilles et jeunes jouaient aux échecs et aux dames sur des tables basses en bois. Certains lisaient sous les arbres.

Des garçonnes en bleu de travail venues faire la pause à l'ombre, des femmes magnifiques en sarouel sans couleur précise jouant au ballon entre elles. On entretenait son corps pour l'endurance au travail. D'autres, en robe marquée à la taille, se protégeaient du soleil avec des ombrelles chinoises, qui étaient du dernier cri. Les appareils de gymnastique servant à muscler les corps après une journée de travail ou le week-end servaient rarement. Des haut-parleurs, de temps à autre, s'élevait une voix dont la mission était d'éduquer la population et de faire des annonces officielles. On se cultivait, on se divertissait, on se montrait sans choquer.

Après plusieurs hésitations, en suivant la foule, il se laissa porter sous la terre par l'escalier mécanique et prit le métro. Il fut trop impressionné par tout pour maîtriser le concept du métro. Alors il observa les passagers. Il ne savait pas que les stations étaient extraordinaires d'un point de vue esthétique, n'en ayant jamais vu d'autres, mais chaque fois qu'il posait le regard quelque part, sur quelque chose qui l'émouvait obscurément, marbre rose, mosaïques, lustres, on le heurtait, le bousculait, on lui grognait quelque chose dans une langue moins rustre que la sienne ; c'était aussi du russe.

Il détesterait rapidement ce mode de transport, trop souterrain. Déjà, les égouts, l'été, ça suffisait. Il descendit parfois « au musée », pour la beauté qu'il y découvrait. Et ce mouvement qui consistait à remplacer la merde du sol de Moscou par des œuvres d'art permanentes le stupéfierait. Il préféra circuler en surface et adopter le tram comme mode de déplacement.

Kolia préparait la soupe au foyer avec deux ouvriers du chantier, Volodia et Micha. Il avait fourni le pain et la crème, les deux autres s'étaient approvisionnés après le boulot auprès d'un épicier de fortune, ouvrier retraité qui courait les meilleurs produits à travers la ville, de magasin en magasin, de contact en contact ; il revendait ses produits une fois et demie le prix fixé par l'État.

Ils s'installèrent avec leurs gamelles dans un coin de la cuisine pour éviter le groupe bruyant qui occupait les six banquettes dans la cafétéria. Kolia avait remarqué qu'Alexeï le tenait à l'œil depuis son arrivée au foyer. C'était un type trapu aux lèvres grasses, à la chemise toujours impeccablement repassée et blanche, sans taches. Le lippu, qu'on l'appelait dans son dos. Micha avait dit à Kolia : Alexeï, il faut le mettre dans ta poche.

Alors, après avoir mangé la soupe costaude qui avait bouilli pendant deux heures, Kolia se leva, attrapa la bouteille de vodka que Tania lui avait offerte, la déboucha devant Alexeï, qui occupait la place du père au bout de la banquette, le servit, se servit et déposa la bouteille devant lui. Ils trinquèrent. Ce geste, que Kolia poserait régulièrement durant son séjour au foyer, lui éviterait bien sûr quelques inconforts avec les autorités.

Au foyer des ouvriers, la taupe pour le comité, membre du Komsomol, un type lâche mais futé, c'était Alexeï.

En descendant du tram dans la semaine suivant son arrivée à Moscou, il tomba sur un type mieux vêtu que lui. L'homme, flanqué de ce qui ressemblait à des policiers en civil, accompagné d'une femme, le fixait à travers la lentille d'un de ses appareils. Kolia heurta involontairement une dame à robe fleurie en cherchant à éviter le tir, effrayé à l'idée de se faire abattre, ne connaissant pas l'objet avec lequel on le toisait. On ne tira pas son portrait.

— Rassurez-le, s'il vous plaît, dit l'homme derrière l'appareil.

Le photographe s'était adressé en français à l'un des deux hommes qui l'accompagnait et qui s'avéra être un interprète. La dame, son épouse ou sa sœur, l'appelait « Henri ». En russe, on rassura donc Kolia, qui avait déjà compris sa méprise. En les contournant, il se retint de répondre au photographe dans sa langue, même si l'envie était forte.

Il ne traîna pas sur la place, mais sa rencontre avec le photographe et son appareil le dérouta. Ne sachant plus où il devait se rendre ni si on l'attendait, un livre à la main, il prit la première rue à gauche, perdu, persuadé à tort d'avoir rencontré un Suisse.

DEUXIÈME PARTIE

Pavel

EN 1961, dans un bar sans nom, sans numéro pour
l'identifier, Kolia rencontra Pavel. Le bar s'était installé
dans une cave du quartier de Taganskaïa. Il servait de
point de rencontre vaguement clandestin, mais recevait
officiellement, les premiers vendredis du mois, un cercle
d'artistes amateurs. C'était le club de théâtre amateur
du Cercle des ouvriers auquel Kolia appartenait.

Dimitri, que tout le monde appelait Mitia, tenait le
bar. De temps en temps, pour Kolia, il dénichait des
éditions originales de livres français ou des magazines
récents. Il venait de lui trouver un *Paris Match* du mois
d'avril et un exemplaire de *Fahrenheit 451*.

— Contre quoi ?

— Une paire de chaussures pour ma femme. Mais
sans talons, tu vois. Ma femme, dix centimètres de plus
et je passe pour un nain. Du trente-neuf.

— Je demanderai à Tania.

Après avoir trinqué avec Mitia, bien réchauffé
même s'il faisait froid en octobre, Kolia plongea dans

le Bradbury, qui sentait l'alcool et l'encre d'imprimerie. Sur le zinc, près de son verre, un Dickens, duquel était tirée la prochaine pièce à jouer avec le cercle. À la page 16 du livre traduit, en guise de signet, un feuillet mou plié en deux, arraché du carnet de Iossif, sur lequel étaient listées ses lectures incontournables. Dickens s'y trouvait en bonne compagnie. Hugo, Tolstoï et Akhmatova étaient en tête ; Sade et Laclos, évidemment, formaient la queue.

Pavel Petrov mesurait deux mètres. Il avait les yeux vairons. Du côté de l'œil brun, ses cheveux étaient châtains ; de l'autre côté, ils étaient blonds, mais sa chevelure était subtilement marbrée. Personne ne le provoquait. De toute façon, il était assez doux en général, sauf si la discussion s'animait en fin de soirée, après le vin de pomme et la vodka habituels.

Pour la scène, il avait créé avec son professeur Ilia Alexandrovitch Bounine – que les gens appelaient par son nom de famille, sauf Pavel qui disait Ilia Alexandrovitch – un duo pour le cirque d'État : le duo Bounine. Bounine était auguste, Pavel avait choisi le costume et le maquillage du clown blanc. Il jonglait et crachait le feu depuis sa première année à l'école des arts du cirque. Il était polyvalent comme tous les artistes de cirque soviétiques, mais il n'avait jamais pu avaler les couteaux comme son maître, Bounine. Ils avaient fait partie de la récente tournée du cirque à l'étranger. Ils en avaient gardé le goût de l'Ouest, mais pas pour y vivre. Leur métier, croyaient-ils, se pratiquait idéalement en

URSS. La liberté, ils ne la connaissaient pas vraiment, comme la lune, d'ailleurs. Lorsque les carottes, les saucisses et le pain manquaient au Gastronom de la rue Irimanka, ils se débrouillaient autrement, faisaient jouer des contacts. Souvent, c'est Mitia qui leur échangeait des denrées essentielles.

Pavel passait régulièrement boire un coup la veille de la présentation d'une nouvelle saynète sur la piste du cirque. Sa mâchoire portait la plupart du temps des restes de son masque de poudre de riz blanche mélangée avec du talc. Il ne forçait pas sur le blanc, son maquillage n'avait rien de sophistiqué, mais il tenait à faire de sa peau une page assez blanche pour que la bouche, le nez, les joues, les yeux et les sourcils servent de points de repère pour le public. À force d'être peints en noir, ses sourcils avaient pris la forme qu'il leur donnait chaque soir et gardaient cette teinte sombre qui jurait avec les couleurs naturelles de ses cheveux. Pavel remarqua ce soir-là que Kolia, seul au zinc avec ses livres et son magazine, le dévisageait depuis une bonne minute. Il jeta un coup d'œil à son reflet dans le miroir de poche qu'il traînait dans son porte-documents et ne se trouva rien d'anormal. OK, il avait le teint rougeaud à cause de l'alcool, des traces blanches à la naissance des cheveux et sur la mâchoire, les sourcils comme d'habitude, mais la cave était mal éclairée ; rien de choquant, il laissa faire.

— Un journal français, hein ? dit-il quand même en s'accoudant au bar près de Kolia.

— *Paris Match.*

— Je suis allé là-bas. Les Parisiennes…

— Des putes, qu'on m'a dit.

— Ah non, de belles femmes, originales et un peu distantes. Tu parles français ?

Il porta un toast. Kolia vida son verre d'un trait, après quoi il rapprocha son tabouret ; un coup d'œil rapide vers Mitia l'avait rassuré.

— Oui, je l'ai appris à l'école.

— Bravo.

Le clown blanc connaissait deux ou trois mots de français qu'il lâcha comme ça, et il décrivit Paris.

— Les hommes là-bas portent des nœuds et des cravates en soie tous les jours.

— Et les femmes ?

— Elles sont jolies, mais elles portent beaucoup de maquillage, du rouge sur les joues et les lèvres.

— Des putes, répéta Kolia, en souriant à moitié.

— Non non, elles sont bien. J'ai rencontré un écrivain qui avait deux femmes. Enfin, une femme et une maîtresse, et elles rigolaient ensemble pendant que nous discutions en russe !

Kolia éclata de rire. Il commanda un autre verre en levant le doigt puis demanda à Pavel ce qu'il était allé faire à Paris.

— Avec le cirque, en tournée en 1956.

Pavel lui montra les taches blanches sur son visage et ses mains. Pas l'ombre d'un mouvement d'admiration chez le jeune, mais une curiosité que le clown apprécia ; ça changeait de la flagornerie à laquelle sa stature l'avait habitué. On parlait du duo Bounine dans les journaux et on publiait à l'occasion des photos de son visage nu pour montrer qu'il était comme tout le monde. On le reconnaissait parfois dans la rue. Kolia n'avait jamais entendu parler de lui.

— Sur les mains aussi ? demanda-t-il.

— Oui, c'est de la poudre de riz, du talc. On évite les ampoules durant les acrobaties.

— Pourquoi blanc ?

— Pourquoi ? Pourquoi ? Pour que le public voie mes grimaces, mes mimiques. Mais je ne me maquille pas beaucoup, en comparaison. En Allemagne, en Italie, en France, c'est grotesque. Ils se tartinent trop et les costumes sont immenses et affreux, des poches avec cinq trous : deux pour les jambes, deux autres pour les bras et un pour la tête. On dirait des femmes enceintes !

Puis, enfin, ils se présentèrent. Pavel. Kolia. Le prénom pour l'un, le diminutif pour l'autre.

— Tu n'es jamais allé au cirque ?

— Non, jamais. Et l'autre clown, il ressemble à quoi ?

— L'auguste ? Tu connais Charlie Chaplin, l'acteur ?

— Je n'ai jamais mis les pieds dans un cinéma.

— Ilia Alexandrovitch est un auguste extraordinaire et un maître exceptionnel.

Ils parlèrent et burent jusqu'à la fermeture du bar. Pavel lui demanda d'où il venait, ce qu'il faisait à Moscou, et Kolia répondit à chaque question, sans façon, naturellement. Ils se promirent avant de partir mille choses qu'on oublie au lendemain d'une cuite. Pavel retrouva sa loge, ivre mort. Kolia, moins bourré, retourna chez Tania, parce que c'était moins loin que le foyer. Sur le chemin, il s'amusa à agrandir le trou dans la poche de son pantalon.

Il aurait aimé qu'elle lui trouve une place pour le cirque, mais elle n'en avait pas. Elle n'en avait plus, en fait. Elle en avait déjà eu.

— Je n'ai jamais pensé que le cirque t'intéresserait, dit-elle en reprisant le pantalon retourné.

Il lui raconta sa soirée avec le clown du duo Bounine. Tania sourit, ce qu'elle faisait rarement, et lui servit le thé fort.

Tsirk

CET AUTOMNE-LÀ, au cirque, il n'y avait pas de ménagerie, de dompteurs de fauves ni de dresseurs (ils tour-
naient en Ukraine). Sur la piste, comme il se doit, les
hommes et femmes caoutchouc, acrobates, clowns, vol-
tigeurs, funambules, fildeféristes et trapézistes, à tour
de rôle ou ensemble, selon l'ordre établi. Le cirque faisait salle comble grâce au duo Bounine, dont les entrées,
qui servaient traditionnellement à désennuyer le public
pendant les changements de décors, prenaient de plus
en plus de place dans le spectacle.

Bounine était aussi acrobate. Il était bourru et
bougon sauf sur scène. Né à Moscou avant la révolution
bolchévique d'un père aristocrate et d'une mère actrice,
il avait eu le goût de la comédie assez tôt. Pendant six
mois, dans la vingtaine, il avait partagé une femme avec
un vieux poète futuriste. L'autre avait gagné. C'est pour
oublier cette femme que Bounine avait créé un personnage comique, qu'il avait rapidement transformé en
auguste. Le cirque l'avait embauché et, depuis plusieurs

années, Bounine formait les plus grands artistes de sa discipline. Il avait essayé la guitare, vers l'âge de trente-cinq ans, mais il n'avait aucune oreille musicale. La justesse, il la trouvait dans les mots et les tours qui font rire les foules.

Le nain de la troupe? Vous l'auriez cherché sans le trouver. Mais ç'aurait pu être la fillette qui babillait dans les parages. Elle avait trois ans et apprit à marcher sur la piste rouge et dans les studios de pratique où la plupart des numéros étaient conçus. Elle n'avait plus de mère depuis un an, partie avec un comédien de second ordre; on n'en parlait pas trop, il fallait éviter le sujet. Pavel l'élevait dans un ancien palais transformé en appartement communautaire, en kommunalka circassienne. La petite s'appelait Maria, ou Macha, pour la famille du cirque. Elle assistait à toutes les répétitions de son père, était de toutes les tournées intra-muros, mais le soir, lorsqu'il était en représentation, c'est une tireuse de tarot, Eva, sorte de préceptrice aux talents honnêtes dans le domaine ancillaire, qui prenait soin d'elle.

La petite fille ne fréquentait pas le jardin d'enfants. En fait, elle se mêlait peu aux autres enfants. Un jour, sans doute, elle serait formée, se joindrait à une troupe et pratiquerait son métier. Elle serait peut-être écuyère ou fildefériste, comme sa mère, mais pas clown. Les femmes qui font rire les autres ne se trouvent pas de maris, disait Pavel. Les femmes ne «font» pas clown, voilà tout. En observant Eva dans son travail, il avait appris à prendre soin de Macha, à la nourrir, à la laver.

L'enfant s'était mise à parler toute seule un midi, sans qu'il eût à y mettre d'effort. Il avait deux vices, les femmes et l'alcool, qu'il cachait tant bien que mal à sa fille. Il savait faire des nattes, qu'il fixait en couronne sur sa tête, mais dormait rarement seul dans le salon. Il voyait trois femmes en alternance, chacune ignorant l'existence des deux autres. Pavel était jongleur à ses heures, et sa polygamie, une déformation professionnelle.

Chaque matin, il prenait le thé avec Bounine dans la cuisine commune. On entendait encore ronfler comme un moteur le voisin de la chambre est, un technicien, et, lorsqu'il était rentré tard la veille, sa femme lançait des objets sur les murs pour se faire comprendre. La table était ronde, brune et massive ; elle servit d'appui à la fillette pendant ses premiers déplacements. Depuis quelques mois, Macha mangeait sa première purée de la journée avec eux. Son babil ne les dérangeait pas, c'était une rumeur enjouée qui arrivait à enterrer le chahut des voisins.

Le petit-déjeuner se déroulait selon un rituel immuable. Pavel préparait le thé pendant que Bounine sortait les journaux de la veille et lui faisait la lecture des passages qu'il jugeait inspirants, à intégrer dans une entrée. Ils s'entendaient sur la façon de présenter l'actualité, rédigeaient quelques gags. Parfois, lorsqu'ils étaient bloqués, ils consultaient un écrivain professionnel du cirque. Une phrase, un mot les relançait, mais, orgueilleux, ils prenaient presque toujours le contre-pied des suggestions de l'auteur.

Ce matin du 31 octobre 1961, l'élément d'actualité sur lequel Pavel se tâtait, c'était le retrait de la dépouille de Staline du Mausolée.

Bounine avait le dernier mot, comme tous les maîtres, et il n'était pas question de créer une entrée sur le dérangement de la momie. Il proposa autre chose.

— Demain soir, on est à Iaroslavl. Les robes à fleurs jaunes qu'on trouve partout. Les femmes ne veulent plus les porter. On ne veut plus les voir. Je demanderai à Eva de nous coudre deux habits dans ce tissu fleuri.

Le lendemain, ils s'exécutèrent en banlieue de Moscou autour d'un réfrigérateur Oka 3. À dix reprises, entre deux numéros, ils s'amusèrent autour de l'appareil en robes de femme ; des entrées courtes pendant lesquelles on préparait le numéro suivant. Macha dormait dans la caravane avec Eva.

Qui travaillait avec le même jeu de cartes depuis cinq ans. L'envers des cartes était tellement usé qu'on en distinguait à peine le motif un peu entêtant et ses initiales, EAB, apposées sur chacune. L'endroit des cartes représentait des scènes de la vie du XIXe siècle et des figures archétypales. Bounine n'aimait pas trop qu'elle utilise son jeu à Moscou, mais, en tournée, de temps en temps, à condition qu'elle ne demande pas d'argent (du pain, des fleurs, un demi-saucisson, un livre, mais pas d'argent), il fermait les yeux. Il avait toujours refusé qu'Eva lui fasse un tarot. Il la trouvait très Rom, mate et originale, mais belle, fiable, et elle s'occupait bien de la fille de Pavel. À l'occasion, la Tzigane lui donnait des conseils sur sa santé (« Attention à ta main droite, ce soir, tu pourrais te blesser sur piste ») et sur les femmes (« Celle-là, la brune, non, elle a des maladies ») ; des conseils qu'il avait là aussi l'orgueil de ne pas suivre.

Ce soir-là, il faisait chaud

DEUX LONGUES traînées de boue partaient des vestiaires et servaient de flèches. En suivant la saleté, qui évitait le bureau de Mitia mais pas le foyer, vidé du peuple au moment de la représentation, on trouvait au bout du couloir la salle de spectacle bondée et enfumée, au fond de laquelle se trouvait une scène et, dessus, Kolia et quelques autres.

Pavel s'installa entre une grande fille pas très jolie et un type en marcel qui puait la pomme blette ; il faisait une chaleur de bain turc à l'intérieur. Tout le monde était déjà assis. Les filles utilisaient un semblant d'éventail pour se rafraîchir en silence ; les garçons s'épongeaient le front, le cou et les aisselles avec leur guenille. Les lumières dans la salle avaient été tamisées et une lampe sur pied éclairait les acteurs. Pavel n'avait pas attiré l'attention sur lui en arrivant, alors il se déchaussa pour s'asseoir en tailleur sur sa chaise droite.

La plupart des amateurs surjouaient, et, pour un artiste professionnel, même clown au cirque, cette absence de finesse, ce jeu grossier qui relevait d'une incompréhension criminelle du texte était insupportable, une articulation qu'on tenterait de disloquer. Pavel, délicat et bien dompté, ferma les yeux ou fixa le sol dans les pires moments. Kolia avait peu de répliques, il n'avait pas le temps de surjouer, on lui avait confié le rôle d'un pickpocket chef de bande, le Artful Dodger (les suppôts de Fagin avaient été vieillis, comme Oliver Twist), mais son visage de jour plutôt curieux, que Pavel avait découvert au bar, gueule sans âge et labourée par une histoire personnelle singulière qu'on devinait même s'il ne la racontait pas, se métamorphosait sur scène, prenait la dimension du personnage, de quelqu'un d'autre ; en tout cas, on y croyait. Et cette justesse dans la physionomie de scène, que les quelques répliques jouées n'avaient pas réduite, Pavel la remarqua et il eut une idée.

Après le salut final, après que les garçons et les filles dans la salle eurent applaudi leurs camarades et jeté leurs mégots de papirossi sur le sol boueux, Pavel resta assis quelques minutes, il n'avait pas envie qu'on le remarque. Il s'en est bien tiré pour un gars du Kamtchatka, dit à la grande fille l'homme en marcel blanc sur lequel était écrit en rouge le mot « Mir ». Mitia l'aime beaucoup, dit-elle en levant les épaules. Le reste de leur conversation se perdit dans les bruits de chaises et de tables déplacées. Lorsque Pavel se leva enfin, c'est naturellement vers les coulisses qu'il se dirigea.

Dans le couloir, Mitia le salua discrètement, en portant le majeur et l'index droits au sourcil du même côté.

Pavel entra dans la loge étroite qui empestait déjà l'alcool. Kolia l'aperçut, se dégagea du petit groupe et le prit par l'épaule. Il n'avait pas maquillé son visage pour la représentation.

— J'ai fait de mon mieux, dit-il bien sincèrement en lui servant un verre.

— Moi aussi, je fais de mon mieux, tu verras.

Des phrases courtes, précises, claires, pleines, dans la litote. Kolia aimait bien. Il l'invita à trinquer avec le reste de la petite troupe.

Cette amitié nouvelle entretenue par Kolia avec une star des arts fit son petit effet auprès des autres. Pavel fut bombardé de questions, reçut des invitations à dîner ; on lui demanda même s'il pourrait être le cadeau-surprise au mariage de Viacheslav et Oxana. Il trouva poliment un prétexte pour s'éviter les fatigues inutiles de pareilles sorties. La fréquentation des gens ordinaires l'épuisait.

Sauf que l'information se rendit jusqu'à la taupe au foyer qui, le lendemain soir, invita Kolia à boire du vin d'Espagne dans la salle de lecture. Kolia buvait très peu, que pour trinquer, et, s'il lui arrivait de boire vraiment, il s'arrangeait toujours pour ne jamais dépasser la ligne (la douleur qui barre le ventre). Il détestait perdre le contrôle de son corps, il haïssait parler trop et avec une patate dans la bouche. Ce soir-là, fatigué mais content de lui, il se laissa faire et se soûla. Une fois n'est pas coutume, mais Alexeï n'obtint rien de plus au sujet de

Pavel que ce que les autres lui avaient déjà dit. Kolia savait se contrôler, même soûl. Alors Alexeï passa à autre chose. Cependant qu'il garda en tête cette phrase prononcée entre le vin et la vodka, qui sont la poire et le fromage des chanceux, ici, dans les heures qui ne comptent pas : J'ai l'impression, Alexeï, d'avoir fermé un livre, ce soir.

La piste

KOLIA s'était arrangé pour retourner au bar le lundi suivant. Pavel lui avait promis une place pour le cirque. Il tint parole. Le visage de Kolia, pas vraiment laid, avait fasciné Pavel. Ses traits étaient extrêmement mobiles : on devinait cette mobilité sous leur dessin accusé. Sa poignée de main était franche, ses mains calleuses, il avait les ongles noircis. Il avait dit qu'il travaillait régulièrement dans les souterrains de la ville. On disait qu'il était né au Kamtchatka. Il lisait le français. Un drôle de type.

Il s'installa dans la foule, entre un homme et une femme qui formaient les piliers d'une famille de deux enfants, un garçon et une fille semblables. La mère pestait contre la dame qui leur avait obtenu la série de billets « qui coupent la famille en deux ». Kolia lui offrit sa place, les lumières baissèrent et changèrent de nuance, le public se tut et la teneur du monde se modifia pour un temps.

Après l'arrivée de la troupe sur la piste, le funambule Beria marcha sur un câble tendu dont l'âme, qui est le centre plein de la corde, est un toron de chanvre. Il évolua lentement, traversa d'abord le câble avec son balancier plus grand que lui, sans autre geste. Il présenta ensuite, dans le sens inverse, ses hommages au premier cavaletti, cette corde tendue en travers du câble pour le stabiliser, salua la foule à mi-parcours avec une élégance dont la plupart étaient incapables sur le sol ferme, pirouetta enfin dans le dos d'une reine qu'on imaginait. Beria s'appuyait sur deux murs invisibles, des garde-fous composés de pas grand-chose – le souffle du public peut-être. Le funambule est un résistant. L'art du funambule monté sur le câble tient dans ce contrôle subtil de soi qui relève pourtant d'une lutte très fine avec les éléments et sa propre nature ; il tient surtout de la foi, dans la confiance en ce qu'on ne voit pas.

Plus tard, pendant la première apparition du duo Bounine, Kolia se mit à rire, un rire étrange, profond, indiscret comme une toux grasse qui brise le silence, mais il ne s'entendit pas, le monde autour riait fort avec lui. Il aurait voulu se vanter à ses voisins que le clown au visage blanc était son ami. Soudain, il était né à Moscou, il avait huit ans et l'amitié facile.

Après le salut final des artistes, il tenta une approche. Il s'installa devant la piste, se composa un visage qu'il crut avenant et fit signe au technicien qui traînait entre les câbles détendus au sol. Il demanda le clown en esquissant un sourire plat. Le technicien demanda lequel. Kolia donna le nom de Pavel au long. Dans les loges, le technicien lança au clown, qui avait commencé à se démaquiller :

— Petrov, on te cherche devant la piste.

— Châtain, pas très grand ?

— Oui, avec une drôle de gueule.

Pavel tendit une main forte à Kolia et le fit monter sur la piste. Il l'invita à trinquer avec Bounine dans la loge. Ils gagnèrent ensemble les coulisses. Avant d'entrer dans la pièce, la main sur la poignée de la porte, Pavel se tourna vers lui, il allait parler mais se ravisa. Kolia comprit qu'on attendait une réaction, alors il dit que c'était bien, qu'il avait beaucoup aimé.

Bounine, torse nu, se démaquillait devant la glace. Il était d'une humeur terrible. Il avait dû improviser à cause d'un trou de mémoire. Ça lui arrivait de plus en plus souvent, il était fatigué dès le lever. Avant le premier blanc, l'année dernière, il avait toujours eu une mémoire exceptionnelle, il pouvait réciter tous ses monologues sans faute, sans sauter la moindre virgule. Il avait envie de frapper quelqu'un. Pavel lui présenta tout de même Kolia.

— J'avais pensé à un chien, dit Bounine à Pavel.

Il détailla Kolia dans le miroir, lui trouva un air caricatural. Une moitié du visage de Bounine était pâle, sans être blanche, et l'autre chair, et pourtant, il était aussi charismatique que sur la piste.

— Nous et un chien ? s'étonna Pavel.

— Non : moi, toi et un chien.

— C'est du déjà vu, Ilia Alexandrovitch.

— On ne manque pas d'élèves, on ne manque pas de candidats. Pourquoi lui ?

— Tu verras.

L'attitude du maître impressionna Kolia. Sans se retourner, Bounine lui demanda son âge. Vingt-quatre ans.

— Ton visage a l'air plus vieux. On te donnerait une trentaine d'années.

Il lui demanda ce qu'il faisait en ce moment, d'où il venait, où il vivait.

— Je suis ouvrier, et je travaille souvent sous la terre, pour le Métro.

Kolia se méfiait un peu quand même.

— Tu as une femme, des enfants ? demanda encore le maître en buvant une gorgée de vin.

— Non, pourquoi ? et il se retourna vers Pavel, au visage froid parce que le maître le fixait dans le miroir.

Bounine lui demanda son livret de travail et l'examina, les doigts tachés. Il s'étonna de le trouver en 1954 à Khabarovsk et ensuite à Moscou, sans transition, sans temps de pause dans l'armée. Kolia répondit que le médecin qui l'avait examiné lors de sa visite au comité militaire l'avait dispensé de service à cause de sa hanche : un peu d'arthrose le faisait claudiquer le soir en fin de journée. La raison de cette dispense était autre, mais il se tut. Les papiers, de toute façon, disaient l'essentiel.

— Et tu penses que le cirque, c'est du gâteau? Que ta hanche, on la caresserait avec des plumes?

Kolia fronça les sourcils mais comprit ce que Pavel était en train de faire; il accepta, sans trop réfléchir, de jouer le jeu.

— Je fais du théâtre depuis trois ans, dit-il au maître le plus sérieusement du monde.

Le maître aimait provoquer et, ce soir-là, après une performance désastreuse à son avis, il avait besoin de se changer les idées. Il n'était absolument pas question d'admettre Kolia à l'école sur-le-champ. Il lui conseilla d'abord de préparer les auditions, et, ensuite, si tu montres quelque espoir pour les métiers du cirque, oui, on pourrait envisager de te prendre et de te former.

On déboucha une bouteille de vin de pomme, et, dans les jours qui suivirent cette rencontre, Kolia se prit à rêver, parce que c'est gratuit et permis.

Comment le fils des monts K.
apprit ses scènes

IL EXISTAIT à la bibliothèque de Khabarovsk un exemplaire d'*Oliver Twist* dont la couverture rigide avait été arrachée par une fillette. Plus tard – c'était l'été et il faisait humide dans la région, le papier gondolait –, la moitié des pages furent cornées par un adolescent qui s'était bien intéressé, semble-t-il, aux techniques de vol du cher Fagin. Jugé inutilisable par un fonctionnaire dont la tâche principale depuis des années était d'inspecter les livres mis à la disposition des Soviétiques installés dans l'oblast, l'ouvrage fut retiré des tablettes, jeté, puis récupéré par un futé qui le fit voyager en train dans sa poche de toile jusqu'à Moscou, où un homme, vendeur de livres d'occasion sur le marché noir, manchot, maigre mais marié, eut l'idée de le vendre pour presque rien à Pavel, la veille du jour qui nous intéresse.

C'est avec cet exemplaire amoché du roman de Dickens que le clown se présenta le premier jour des répétitions à Kolia. Fasciné par le patient travail de destruction qui avait été pratiqué sur le livre par des mains inconnues, l'élève, qui connaissait bien *Oliver Twist* et avait déjà lu *David Copperfield,* à Khabarovsk précisément, alors qu'il était encore, disons-le, un enfant, choisit naturellement le passage des petits voleurs de Fagin pour composer son entrée.

Pavel lui montra comment transformer une scène de roman en monologue. Raconte a posteriori ton amitié avec Dawkins, dit-il, ton arrivée chez Fagin, le vol devant monsieur le libraire, le juge. Mime l'essentiel, n'en fais pas trop, retiens-toi et, surtout, ne ris jamais de tes gags, ça fait plouc. Il lui montra comment se maquiller, s'habiller, bouger, faire voir et sentir.

— Le plus détestable, au théâtre, c'est l'exagération de tout, les expressions faciales, les gestes, les intonations, tout ça, tu vois, ça ne pardonne pas. Mais au cirque, c'est le contraire, il faut être subtil dans l'exagération, le génie de notre art tient justement dans cette marge, parce que le fil est fin ; il faut toucher, aussi, mais autrement, parce qu'on dépasse la réalité, et, par là, tu vois, enfin tu comprends. Le fou du roi a toujours pu dire ce que le commun des mortels ne pouvait pas.

Les phrases sèches et précises de Pavel prenaient de l'ampleur lorsqu'il traitait de son métier. C'était un professeur admirable, généreux mais pudique. Lorsqu'il parlait de la critique du monde, il baissait la voix, mais toute l'intensité du bonhomme était contenue dans ces quelques mots, comme une promesse.

Pendant deux mois, Kolia répéta son monologue partout, passant pour un fou avec son public imaginaire, sur le chantier, dans la rue, dans le tram, le soir dans la cuisine en buvant du thé. Une soirée par semaine, c'était chez Mitia, avec Pavel, qu'il fournissait aux curieux du foyer l'explication de sa folie. Ses pauses, il les prenait pour manger, dormir, se soulager.

Il se débrouillait bien, cependant qu'il développa un tic de jeu épouvantable dès le début du travail, c'est-à-dire que, lorsqu'il n'avait rien à mimer, ne sachant quoi faire de ses mains, il les gardait dans ses poches et relevait les épaules, comme s'il s'interrogeait en permanence tout en ayant l'air de s'en foutre. Pavel essaya de le corriger, lui attacha les mains ou un manche à balai dans le dos pour le forcer à se tenir droit ; rien à faire, dès que le corps retrouvait sa position naturelle, les mains regagnaient les poches et les épaules se relevaient automatiquement, comme celles d'un pantin.

Un soir, il neigeait dehors et Kolia avait repris l'habitude de mettre des sacs en plastique dans le fond de ses chaussures pour couper le froid et l'eau, c'était la dernière répétition avant les auditions pour l'école de cirque. Kolia se sentait prêt, il maîtrisait son personnage, l'avait testé auprès de la troupe amateur. Pavel pouvait voir en lui, au terme d'une formation complète à l'école, un clown, oui. Il y avait bien ce problème des mains et des épaules, impossible à corriger, mais qui pourrait donner à l'ensemble, au numéro, une touche sympathique. Il décida de présenter son protégé de cette manière naturelle.

Ce soir-là, donc, une semaine avant les auditions, Kolia était fatigué, il s'était démaquillé à la hâte (le khôl, il l'avait oublié), accoudé au zinc chez Mitia, et il regardait Pavel dans les yeux, sans rien dire. Pavel s'étonna.

— Quoi?

— Rien.

— J'ai l'impression qu'une moitié de femme me regarde.

Kolia jeta un coup d'œil à son visage dans le miroir derrière le comptoir, puis il éclata de rire. Une cascade bizarre.

— Tu ne devrais pas rire, toi, ça fait peur.

Kolia savait que Pavel savait, pour le camp. Il était inutile d'en parler. Mais, dans sa poche, il avait toujours une page du carnet de Iossif sur laquelle étaient notés les noms et prénom du fonctionnaire qui l'avait aidé au camp. Il dit à Pavel qu'un ami lui manquait, Iossif Branch, et que cette personne, Igor Pavlovitch Orlov, pourrait, pouvait, aurait pu, enfin, si c'était possible, tu vois? Il le regardait avec une intensité inévitable, les yeux fardés, les lèvres plus rouges que d'habitude, la peau rosie par le lait démaquillant abrasif. Il avait l'air ridicule dans sa moitié d'accoutrement, mais Pavel n'eut pas le choix, il comprit que c'était important, alors il prit le bout de papier, le fourra dans sa poche et posa deux questions: Quelle année? Lieu précis? Kolia donna ses réponses, ils trinquèrent sans ajouter un mot, puis ils se séparèrent. Pavel le serra un peu plus fort dans ses bras avant de partir.

Si tu gagnes tes auditions, je te présente quelqu'un de sûr pour tes recherches, lâcha Pavel sur le chemin de l'école de cirque, en tirant sur une cigarette filtre, mais ne me pose aucune question à son sujet, je viendrai à toi quand ce sera le moment. Il l'abandonna sur ces paroles à l'entrée du bâtiment.

Kolia enfila son marcel et sa salopette dans les toilettes du rez-de-chaussée, mais il troqua la casquette habituelle pour son vieux couvre-chef du camp, qu'il avait dans ses affaires depuis que sa tête avait cette taille. Il trouva la piste de répétition, s'assit en tailleur sur une longue table que les professeurs avaient installée au fond de la salle, épingla sur sa poitrine le numéro qu'on lui avait attribué et attendit qu'on l'appelle. Il y avait près de lui trois hommes jeunes. Le premier, rasé comme un soldat, s'appelait Alexandre et venait de Moscou. Il était maquillé en clown blanc traditionnel, portait une robe de clown à l'italienne et n'avait probablement jamais souri de sa vie, sa bouche formait une demi-lune tournée vers le menton. Le deuxième ressemblait à une fille à perruque jaune et s'était maquillé délicatement. Il venait des ballets et s'était tordu une cheville en portant une fille plus lourde que les autres. Il s'appelait aussi Alexandre. Le troisième était le neveu du maître Bounine. Valeri, qu'il s'appelait. À première vue, il semblait parfait. Rien d'excessif dans son costume, maquillage étudié, visage expressif, patrimoine génétique idéal. Un type hautain, détestable, que Bounine vomissait en silence parce qu'il venait du deuxième lit de sa sœur.

Le jury était composé d'un membre du corps professoral, Bounine ; d'un membre de la troupe, Pavel ; et du directeur de l'école, camarade Viacheslav Alexandrovitch Halperin. Il y aurait cinq vagues de candidats, un seul candidat par vague serait sélectionné, pour un total de cinq étudiants admis au terme du nouveau processus de sélection qui serait bientôt revu.

Kolia avait tiré sa place au sort. Dans la cinquième vague, la sienne, il passerait le troisième, après l'Alexandre efféminé et le neveu parfait. Il se moquait royalement du rang qu'on lui avait attribué, il était confiant comme un enfant se prenant pour un héros, alors, après avoir vu le premier Alexandre rater sa scène à cause d'un trou de mémoire magistral, il se rapprocha de la piste, ajusta son costume, puis repassa son monologue. Pendant l'entrée du rejeton de la dynastie Bounine, qu'il écouta à moitié, il jeta un coup d'œil vers Pavel, qui faisait tout pour éviter son regard. Le type sur la piste proposait une véritable entrée, mais qui ne se distinguait pas des numéros habituels des bouffons de scène moyens. C'était, en somme, un clown quasi professionnel, poli mais bourré de mauvais plis, à qui on ne pouvait plus rien apprendre et qui n'aurait jamais voulu apprendre de toute façon.

Vint le tour de Kolia. Qui s'installa, debout, sur le X dessiné au sol. Il plaça ses pieds en deuxième position de ballet, mais il se déplacerait. Ça, c'était pour montrer au jury qu'il savait se placer. Il commença. Pavel lui avait dit que l'école ne cherchait pas nécessairement des gens drôles en audition, le métier s'apprend à l'école, mais des acteurs souples, encore bruts, et expressifs comme il faut. La première entrée, entièrement mimée, rappelait Charlot, que Pavel lui avait décrit lors des séances de travail, et annonçait Marcel Marceau, qu'on verrait en URSS en 1965. Il se battit pendant deux minutes et demie contre le vent le plus puissant. On le remercia froidement, mais cette impassibilité ne voulait rien dire. Le jury était un glaçon pour tout le monde ce jour-là. Kolia chercha sur le visage de Pavel une réaction. Il avait une minute de pause entre les deux parties de son audition; au terme de la première, il trouva chez Pavel le signe qu'il cherchait dans ce mouvement de la main qui faisait danser le stylo. Il se lança donc dans son entrée parlée gonflé à bloc.

Il commença le monologue avec une bretelle de salopette détachée. Il avait eu l'idée, en s'habillant dans les toilettes, de garder cette bretelle fermement dans la main, ce qui l'empêcha durant le numéro de se fourrer les deux mains dans les poches. Une épaule relevée, l'autre en moitié de cintre, ça donnait au personnage une allure désinvolte qui faisait plaisir à voir. Kolia avait pratiqué l'art du vol de mouchoir, car, dans ce numéro, il jouait à la fois le rôle du vieux Fagin, maître des petits filous, et celui d'Oliver Twist, honnête garçon à qui on prodigue bien malgré lui un enseignement parfait du vol à la tire. Il s'enseigna le vol tout en se dérobant un mouchoir blanc et propre en moins de cinq minutes, trouvant même le moyen de perdre connaissance devant un juge invisible et salaud sans se blesser.

Il gagna son ticket pour l'école et, parce qu'il avait de la suite dans les idées et qu'on ne lui faisait pas de promesses sans résultats, sa rencontre avec un homme qui n'avait pas de nom mais des informations. Bientôt, ne me demande pas quand. Sois patient, lui dit Pavel.

L'homme blanc

— UNE POLYCOPIE de *Macbeth* en entier.

L'établissement ne disposait pas encore de machine pour le faire, Bounine le savait, mais il avait envie de tester toutes sortes de techniques d'enseignement sur Kolia et, dans un accès de sadisme, de s'amuser.

— En anglais, dans une édition anglaise !

Devant un Pavel perplexe, il se défendit mollement d'être méchant. Il fallait voir si le petit était débrouillard.

Mitia, clandestin qui tenait toujours commerce souterrain, sauva Kolia sur ce coup.

— J'ai demandé une polycopie, pas le livre.

Bounine était quand même impressionné : pas con, le petit. Lorsque Kolia lui présenta le lendemain la photocopie de *Macbeth* dans l'état demandé, le maître se redressa un peu et le regarda dans les yeux sans défiance, avec un respect sincère. Kolia avait mis deux jours pour remplir la mission qu'on lui avait confiée, réputée impossible dans les circonstances matérielles :

la possession d'un polycopieur, en URSS, était interdite aux personnes privées et le papier était un luxe pour le quidam.

Kolia apprit entre 1961 et 1964 l'art du clown. Il lui avait fallu trouver un costume mat. Mat parce que les vedettes du spectacle de clowns, c'étaient Bounine et Pavel. On te forme pour nous servir, pour être un laquais de piste. C'est un peu comme ça que Bounine parlait, même s'il avait fini par apprécier le garçon qui apprenait rapidement, par imitation. Kolia logeait dans l'immeuble communautaire avec eux, et ils prenaient tous leurs repas en famille.

Il s'était créé un personnage de filou évidemment, il avait les fils spirituels de Fagin dans le sang, un filou muet, à la peau blanche, comme Pavel, même si on ne trouvait plus très souvent le visage blanc craie traditionnel du clown sur les pistes d'URSS. Il ne portait pas de perruque, mais s'était rasé le crâne comme au camp, et mettait ses sourcils en évidence. Il portait une réplique presque exacte de sa vareuse de zek, confectionnée par la cartomancienne qui lui avait cousu une carte de tarot, celle du bateleur, dans une fausse poche intérieure. La fille de Pavel, Macha, qui avait atteint l'âge de raison, lui ordonna de porter des chaussures rouges. Ça l'amusa et il trouva que c'était une bonne idée. Des chaussures rouges immenses qui font du bruit. Il se rasait les jambes pour respecter les «traditions» du camp et portait un t-shirt de matelot sous sa veste, qui descendait sur son bermuda gris en ersatz de tweed.

Pavel hésita. Bounine y croyait. En gardant le personnage de Kolia dans le mutisme, ils ne prenaient qu'un risque symbolique. On pourrait toujours s'en tirer.

Le cirque rassemblait des marginaux aux talents exceptionnels, des artistes et des sportifs plus conventionnels mais doués pour le travail et la discipline. Parfois, on accueillait des rescapés du ballet et de la gymnastique qui n'avaient pas pu atteindre le dernier palier, celui qui distingue les grands artistes, les grands sportifs, appelons-les les stars, du mortel simplement talentueux, mais, la plupart du temps, l'art du cirque se transmettait de parent à enfant, on l'avait dans le sang. Il y avait là, pour qui n'était pas difficile, une famille. Kolia trouva pendant un temps dans cette ménagerie humaine un mélange de camaraderie sincère et d'émulation, qui lui rappelait la fraternité du foyer de Moscou ; un peu moins celle du camp, parce qu'à ça, la vie ne pouvait se comparer.

Au début de son apprentissage, les autres s'étaient méfiés de lui, naturellement. On disait qu'il traînait un passé louche, qu'il avait fait les camps. Son visage sans maquillage faisait peur aux enfants qui ne le connaissaient pas. Mais il évoluait bien sur piste, on lui donna une chance. On aurait dit que les trois rides très profondes qui lui creusaient le visage – le front, sur la longueur ; et les deux joues, les sillons nasogéniens – avaient été dessinées pour le spectacle. On baissa la garde et commença à lui témoigner un peu d'amitié quand Bounine l'accepta officiellement au sein de la troupe.

Kolia avait prouvé, au terme de sa formation, qui était une mise à l'essai rude, où Bounine le testa sans relâche, qu'il était un artiste.

Tania le vit jouer pour la première fois avec la troupe en 1965. Elle vivait encore avec l'homme qui l'avait accompagnée à la gare Iaroslavl pour l'arrivée de Kolia. Cet homme voulait l'épouser depuis des années, mais elle faisait traîner les fiançailles. Elle n'était pas amoureuse ; nous dirons que les « exceptions et la protection » passaient par lui. Ils étaient assis au premier rang. Kolia ne put distinguer leurs visages dans la foule à cause de l'éclairage et c'était tant mieux.

Le travail sur scène du trio Bounine avait évolué. La troupe présentait désormais deux entrées assez longues, c'est-à-dire de vrais numéros et non plus de brèves apparitions en intermède. Leur première entrée était placée entre les numéros du funambule et des jeunes contorsionnistes. Kolia arriva dans son costume risqué et respecta le mutisme de son personnage. Bounine interprétait un maître d'école. Pavel jouait le rôle de l'élève trouble-fête, tournoyant, jonglant avec une craie et une brosse, traversant la piste dans une diagonale parfaite de gymnaste. Pendant ce temps, l'autre élève, Kolia, petit pickpocket, dépouillait tranquillement le maître devant tout le monde. Montre, portefeuille, bonbons, bout de craie, cigarette, paquet d'allumettes et bien sûr mouchoir. Patiemment, il retirait au maître ses possessions matérielles, y compris ses bretelles de pantalon. Kolia disparaissait ensuite par une trappe. Pavel ne revenait pas de son plongeon dans la piscine au centre de la piste : un passage était aménagé dans le mur sud de la piscine carrée pour lui permettre de disparaître. Bounine, seul enfin devant le public, offrait alors à tous ce qui avait fait son succès, un monologue de cinq minutes qu'il livrait sans accessoires mais accompagné d'un petit chien dressé. Il était encore, à soixante-cinq ans, le clown le plus apprécié de Moscou.

Or, le public de ce soir, surpris par le nouveau membre du « duo » Bounine, ne semblait pas aussi réceptif que d'habitude. Il était resté en arrière dans le temps, à la première entrée de Kolia. Sur la piste, on percevait le dérangement de la foule. Le public chuchotait, ne riait pas sauf les enfants, assez nombreux pour éviter à la troupe le flop qui donne envie d'aller se cacher. Bounine accepta ce demi-échec et termina son travail. Il avait tout de même l'impression d'avoir montré quelque chose en admettant Kolia dans sa troupe. Le quotient intellectuel d'une foule avoisine celui d'un chien, se dit-il en quittant la piste. Il pensait néanmoins et bien naïvement, en arrachant sa perruque dans les coulisses, que c'était sa victoire personnelle sur le système punitif.

La montée

ON LEUR FAISAIT tous les soirs de spectacle un triomphe. Bounine avait raccourci son monologue. Le filou, finalement, le public l'aimait bien sur piste. Doué pour le vol et la prestidigitation, Kolia était presque touchant dans sa vareuse trop grande. On aurait voulu entendre sa voix, mais il restait muet devant la foule. La rumeur disait qu'il était né dans la Kolyma. Elle assurait que ses parents étaient morts là-bas. La rumeur ne nuisait pas au spectacle. La salle était comble, les autorités ne faisaient pas de problèmes, tout le monde était content, alors la troupe, bonne joueuse, ne démentait ni ne confirmait cette rumeur.

Kolia devint presque un objet. Son mutisme créait une sorte de mystère qui aurait pu alimenter les mauvaises histoires de salon et de cuisines communes, mais pour le moment ça allait. On invita Pavel et Bounine à la télévision, à la radio, dans les magazines et journaux, comme avant l'arrivée de Kolia, mais le Kolia, justement, on n'en voulait pas dans les médias, il ne fallait pas trop l'exposer hors scène, dans ses vêtements de tous les jours, ni prendre le risque qu'il dise quelque chose qui pourrait briser le «mystère» qui jouait pour lui. Et pour tout dire, il s'en foutait.

Il s'était habitué à entendre parler d'eux dans les journaux et à les voir à la télé. Comme ce soir où Eva était en visite chez ses parents à l'extérieur de la ville. Il s'installa devant la télévision, près de Macha à moitié endormie sur un coussin exotique, une sorte de futon coloré pour petite personne. Pavel et Bounine avaient été interviewés la veille à Bratislava dans le cadre d'une tournée de la troupe sans lui. Ils détaillaient à l'écran le contenu d'une journée de travail et répondaient aux questions du journaliste pendant que l'équipe de techniciens télé s'affairait dans leur loge avec ses appareils. Kolia s'endormit au moment où Pavel décrivait sa première rencontre avec lui, après un spectacle des ouvriers, avait-il menti.

Kolia passait plusieurs de ses soirées et une partie de son temps libre chez Tania. Elle s'était mise à le voir autrement depuis qu'il avait intégré la troupe de Bounine. Un jour – elle était détendue parce qu'elle avait bu au souper –, elle raconta qu'enfant, Iossif ne lisait pas.

— Il a commencé à s'intéresser aux livres après notre arrivée à Moscou.

Elle raconta la Suisse de sa mère, retournée là-bas peu de temps après l'installation de Khrouchtchev au pouvoir. Sa mère lui manquait. Son frère lui manquait aussi. Kolia s'étonnait de la voir parler de Iossif, de cette nostalgie assez soudaine qu'il ne lui avait jamais connue, Tania était en général assez sèche, minérale. Son frère avait toujours été un sujet de conversation évité.

Elle lui confia qu'il n'était pas mort au camp, qu'il n'avait pas été tué. C'est un homme qui le lui avait révélé par lettre en 1955. Il n'avait pas précisé l'endroit où Iossif était allé après le camp ni s'il vivait encore. Il avait juste dit qu'on ne l'avait pas assassiné comme un zek et qu'il n'avait pas crevé comme un fuyard. Tania détruisit ainsi, d'un coup, toutes les histoires que Kolia s'était inventées pour remplacer la version officielle de la « disparition ». Il s'étonna en français.

— Tu arrivais, tu étais trop fragile, répondit-elle en russe.

Il repensa au fonctionnaire qui lui avait remis les papiers de Iossif au camp et à l'homme que Pavel avait promis de lui présenter quatre ans plus tôt, qui aurait pu l'aider à trouver, à chercher, à comprendre, peut-être, mais il n'en avait plus jamais été question, Pavel avait oublié sa promesse, et Kolia croyait trop à sa chance d'être au cirque pour la lui rappeler maintenant. Il y pensa trente secondes, se promit de relancer Pavel, quand elle ajouta, sadique :

— Tu as l'air heureux maintenant. Le cirque, tes amis, tout ça.

Il eut envie de la frapper mais se contenta de lui cracher dessus, puis de sortir en claquant la porte assez fort pour que tout l'immeuble l'entende. Elle cria quelque chose derrière la porte épaisse mais ce qu'elle disait, il ne l'entendit pas, il était déjà dehors. Il ne la reverrait pas de sitôt.

Dans les jours qui suivirent, il écrivit une entrée pour le trio que Bounine qualifia de médiocre. Il se réfugia donc là où il excellait et créa de nouveaux tours. Il développa au maximum son don de prestidigitateur pour le spectacle. Il avait appris le vol à la tire à l'école des arts du cirque, en plus de quelques tours de magie qui faisaient toujours un effet bœuf – le public aime payer pour se faire tromper –, et en observant le manège des enfants et leurs chefs qui volaient pour de vrai sur les quais, dans les transports en commun, sur les places publiques. Sur scène, pour détourner l'attention du spectateur, qui s'attend à être volé parce que ça fait partie du spectacle, Kolia décrivait avec sa main libre un arc, des demi-cercles, accomplissant chaque fois son vol avec le même succès.

De temps en temps, il éprouvait son art sur les passants dans les parcs, dans les files d'attente, au magasin, dans le tram, en leur volant un mouchoir. Il y prit goût. C'était risqué, mais il avait du talent et comprenait intuitivement que la réalité pouvait être trompée facilement ; la frontière entre ce qui existe et ce qui pourrait exister est aussi poreuse dans la vie que sur piste. Il fallait d'abord jauger le corps de la victime et analyser ses vêtements. Ensuite, agir doucement, en méprisant du regard la poche ou le poignet visés, attendre que la proie dirige son attention vers quelque chose de précis, la toucher ou la bousculer «accidentellement» et s'excuser, puis accélérer pour compléter le geste au bon moment. Il pickpocketait en solo, finement. Il ne volait jamais d'argent, aucun papier, que des objets sans valeur réelle. Enfin, au début, parce qu'à un moment, le petit pouvoir que lui donnait son exercice de prestidigitateur sur les gens ne suffit plus. Il commença alors à voler vraiment. Quand il volait pour le plaisir de s'exercer, il avait l'habitude bonasse de remettre à sa victime l'objet du vol :

— Camarade, pardon, vous avez oublié ceci.

— Camarade, pardon, vous avez laissé tomber votre sac.

— Pardon, camarade, votre montre-bracelet s'est détachée. Voilà. Faites attention.

Ou quelque autre réplique bidon qui le transformait en seigneur aux yeux dudit camarade.

Il ne manquait de rien grâce à son travail au cirque. Ne manquer de rien était une forme d'aisance matérielle. Les magasins n'étalaient pas grand luxe, et la disponibilité de telle ou telle marchandise essentielle était aléatoire. Pavel avait accès aux « magasins fermés », un privilège pour les détenteurs de devises étrangères, acquises dans son cas hors les murs lors des tournées auxquelles Kolia ne pouvait participer, faute de visa. Pavel lui faisait profiter par la bande des magasins fermés, à l'occasion. Lorsque son passe-temps lucratif basculerait dans l'illégalité, Kolia participerait au ménage avec son butin transformé en roubles. On n'en était pas encore là.

Chose promise

CAMARADE,

J'ai connu Ilia Alexandrovitch dans l'armée, peu de temps après 17. Nous avons bu ensemble, là-bas, les meilleures bouteilles qui soient. Ilia avait déjà le don qui a fait son succès, vous savez, il faisait déjà rire les gens. Nous avons écrit ensemble de mauvais poèmes. Maïakovski en avait lu quelques-uns; il les avait trouvés imbuvables, vous vous en doutez bien. Ilia avait failli se battre avec lui. Quel temps! J'ai suivi sa carrière au cirque, je l'aime beaucoup, ma femme l'adore, je lui présenterai bientôt ma petite-fille, qui doit naître au printemps. Mais je m'égare. Voilà. Ilia m'a parlé de vous il y a longtemps, il y a quelques années mais j'ai oublié la date précise. Le retard, c'est ma faute. J'ai mis du temps, je m'en excuse. J'ai été malade, j'ai eu besoin de repos. Je n'ai pas oublié, Ilia est un ami. Je sais que vous cherchez ce livre depuis que vous avez quitté votre Sibérie natale, cher ami. Il a été imprimé, dites-vous, en 1953? Il aurait appartenu à un fonctionnaire en poste au Kamtchatka? Oui, j'ai pu retracer le propriétaire du livre. Ce livre, donc, a suivi son propriétaire dans l'armée, comme vous le savez peut-être, mais je suis désolé de vous apprendre que nous avons perdu sa trace en 1954, près de Kiev.

Le fonctionnaire, en revanche, est un homme maintenant basé à Zagorsk. Vous pourriez le contacter, malheureusement je ne peux vous le présenter. Il n'est plus le même, vous savez, il a changé d'étage; il vit au rez-de-chaussée, ce qui, vous en conviendrez, est un endroit moins confortable que le sommet d'un immeuble.

Il fait le ménage le soir dans une bibliothèque, à Zagorsk. Il s'appelle Igor Pavlovitch Orlov.

Dites à Ilia Alexandrovitch que nous nous verrons bientôt.

Je vous salue, camarade.

Anton Pavlovitch Joulev

*

À Zagorsk, il trouva celui qu'il cherchait, un homme vieilli, amaigri, avec des taches sombres sur la peau du visage. Un cancer qui ne guérissait pas, dit l'homme. Kolia ne reconnut pas l'ancien fonctionnaire qui avait aidé Iossif – le «livre» dont parlait Joulev dans sa lettre –, son visage avait trop changé, des années d'activités et le désir naturel d'oublier ce qui pouvait l'être avaient brouillé sa mémoire, mais l'homme, lui, se rappelait.

Kolia l'avait attendu à la sortie de la bibliothèque, où l'apparatchik déchu gagnait encore sa vie malgré la maladie qui le tuerait dans l'année. L'homme se souvint de l'enfant, un peu moins de l'adolescent, car des adolescents, il y en avait tant eu là-bas. Kolia lui donna son nom au long mais ça ne disait rien à l'homme, le visage, par contre, qui avait pourtant vieilli, si ; grâce au récit et au souvenir de Iossif. L'homme regardait le bout de ses chaussures durant le trajet entre sa chambre et la bibliothèque. Kolia l'accompagnait.

— Je sais qu'il n'a pas disparu. Vous aviez dit « disparu ».

— C'était comme ça.

L'homme, très maigre, avait plus froid que Kolia.

— Sa sœur m'a dit que vous lui aviez trouvé une place dans l'armée.

— C'était sa seule chance, dit l'homme en coinçant ses mains sous ses aisselles.

— C'est vous, le fonctionnaire qui a informé sa sœur ?

— De quoi ?

— De la vérité.

— L'armée ? Bien sûr.

— Pourquoi l'avoir fait ?

— J'espérais que sa sœur en saurait plus que moi. J'espérais qu'il serait revenu. Il était plus futé que tout le monde.

— Et ?

— Et rien. Il faut bien croire qu'il a disparu, finalement.

L'homme demanda à Kolia s'il pouvait rentrer chez lui, il était fatigué. Voulez-vous savoir autre chose ? Oui, mais non, se tâta Kolia, qui préféra se taire, puis il lui offrit des billets pour le cirque. Je ne vais plus à Moscou depuis des années, dit l'homme, mais c'est gentil, je les offrirai à quelqu'un d'autre. Il tourna les talons, en tenant la rampe des escaliers, la semelle de sa chaussure droite s'était décollée pendant la pirouette, puis il rentra chez lui. Les billets n'avaient pas quitté la main tendue de Kolia.

L'eau-de-vie

LA TROUPE aborda les années 1970 sur les chapeaux de roues. Les salles étaient toujours aussi combles qu'au début. Ils filaient tous trois une bonne amitié professionnelle que seule la mauvaise habitude de Pavel pouvait gâcher. Tant qu'il gardait son ivrognerie dans les bars ou chez lui, lorsque Macha était à l'école, Bounine pouvait tolérer son vice, mais Pavel commença à prendre la piste pour un zinc ou une cellule de décompensation. Il buvait de l'eau-de-vie pendant les répétitions et son haleine était lourde, fortement alcoolisée durant les spectacles ; les techniciens commencèrent à passer des remarques. Il lui arrivait même de monter sur piste à deux doigts de l'ivresse. L'absence de Kolia pendant les tournées à l'étranger lui pesait.

Bounine attirait encore les foules, il venait d'être honoré (on l'avait nommé Artiste du peuple de l'Union soviétique), mais il avait soixante-dix ans, Pavel devait donc tenir sur piste presque seul. Il savait que le public voulait voir la troupe au complet, on ne l'attendait évidemment pas seul. Aussi, à cause de l'alcool qui l'embrumait souvent et le rendait mélancolique, la direction de l'école lui échappa-t-elle. Il commença alors à boire comme on creuse une tombe.

Un matin, en 1965, c'était au début de leur collaboration à trois, Bounine s'était présenté dans la loge de Kolia avec un sourire en coin.

— Un homme pour toi, près de la loge des filles.

— Qui ?

— Le metteur en scène qui a donné à Iouri un rôle dans son film.

Bounine méprisait le cinéma. La caméra avait paraît-il avili le travail des artistes, attirait les paresseux et les vaniteux. Kolia s'étonna.

— C'est pour un rôle ? Me font rire, j'ai jamais prononcé une seule parole en spectacle.

Sur le plateau de tournage, on expliqua à Kolia qu'il n'aurait aucune réplique, autrement dit, qu'il ne jouerait pas. Il devait se mettre nu et courir dans la forêt avec une torche à la main, puis entrer dans l'eau au terme d'une danse païenne en groupe absolument désorganisé. La caméra les capterait de loin, et la musique choisie pour appuyer la scène du mal tendre (des couples nus dans la forêt faisant l'amour, en 1408, sous le regard d'Andreï Roublev, un moine peintre d'icônes) serait d'une insupportable étrangeté. Le cinéaste, jeune, tête noire avec la ride du lion qui se creusait quand il embrassait son appareil, en t-shirt beige, avait donné ses consignes. Nu comme un ver, Kolia se demanda si Bounine ne l'avait pas fait exprès.

C'est seulement en 1971 qu'*Andreï Roublev* sortit en URSS, après cinq années d'interdiction. On ne trouvait pas le nom de Kolia au générique, mais un responsable soviétique de la censure au cinéma, l'ayant remarqué sur la piste, reconnut son nom sur la liste technique du film qu'il avait vu avant Cannes en 1969, dans sa version expurgée. Il se prit d'une curieuse passion pour la carrière de Kolia et, un jour, lui envoya une invitation officielle pour animer une soirée du Parti. Kolia déclina poliment : il serait, à cette date, en tournée à Kiev avec la troupe. On vérifia les dates, et, oui, ça concordait, Kolia disait vrai – La prochaine fois, camarade.

Une deuxième invitation, qui ressemblait dans le ton à une convocation cette fois-ci, arriva six mois plus tard. Pour s'y soustraire, Kolia eut l'idée, stupide selon Pavel, de se couler une jambe dans le plâtre, de simuler une fracture et, bien sûr, de décliner de nouveau l'invitation, Sincèrement désolé, je dois récupérer. C'est exactement ce qu'il fit, avec l'aide du médecin affecté à la troupe depuis quelques années, Berine.

Après un verre corsé, Berine détestait cordialement et ouvertement les ronds-de-cuir. Pour ce subterfuge, il était dans le bon camp.

Pavel trouva l'attitude de Kolia puérile et son geste dangereux. Pendant un mois, il lui parla peu. Bounine, plutôt que de le condamner, lui conseilla de boiter plus que d'ordinaire une fois le plâtre retiré, sinon on l'aurait à l'œil, plus haut. Or on le crut, là-bas, on lui fit porter des fleurs, on lui offrit une semaine près de la mer (qu'il refusa avec tous les salamalecs requis, alléguant qu'il devait assister aux répétitions de la troupe) et on lui rappela que la prochaine soirée aurait lieu vers la fin juin. Kolia était grisé et chercha un autre motif pour s'y dérober, mais, cette fois-ci, le vieux maître s'érigea en mur. Il lui ordonna d'accepter, Tu n'en mourras pas. Il lui dit que s'il continuait à faire le malin on l'enverrait dans une troupe mineure. Je suis trop vieux pour te perdre et tout reprendre avec un nouvel élève. Kolia plia, guérit sa fausse fracture puis, en juin, par respect pour le vieux Bounine, s'en fut faire le pitre sur scène pour les invités du Parti. À l'entrée de l'amphithéâtre, il ne manqua pas de voler quelques montres aux huiles qui se dirigeaient vers leur place sans se méfier du prestidigitateur déguisé en homme de la haute.

Des montres qu'il oublia volontairement de restituer aux apparatchiks roses et saouls après sa prestation sur scène – il préférait nettement la piste, moins « frontale ». Ces vols lui rendirent les choses plus acceptables. Dans un état de jubilation, surexcité, il abandonna sur le chemin du retour, dans la Moskova, le butin qui ne comptait pas. Une montre, il en avait une, et ça lui suffisait. Quand il rentra, Macha jouait aux cartes dans le salon ; il entreprit, pour faire œuvre utile, de lui apprendre à tricher.

La Maison-Dieu

L'IDÉE de se marier ne lui vint jamais, parce qu'avec le mariage il y avait l'institution des enfants, et pour Kolia il n'en était juste pas question. Il avait vu Macha grandir. Il ne se voyait pas explorer plus loin la paternité. C'était la relation parfaite, sans engagement réel, d'une profondeur idéale, sans le moindre sentiment d'échec ou de culpabilité si l'enfant tournait mal et se transformait en adulte pourri.

Macha quitta la dynastie familiale pour étudier. L'université étant une possibilité naturelle pour ceux qui excellaient à l'école, elle y entra. Elle laissa son père à ses bouteilles d'alcool et à ses mouchoirs sales, empesés de mucus, qui formaient un chemin de pierres molles entre le salon et la chambre à coucher. Le mime ou la comédie ne l'attiraient pas. Moins élancée que son père, ayant hérité de la taille de sa mère, elle s'était empâtée au début de l'adolescence, un petit pain ; la taille s'était définie sur le tard. Elle n'avait pas la souplesse et la vigueur requises pour les acrobaties, détestait les animaux, sauf les chats, ne se voyait pas clown. Elle réussissait bien à l'école et fut acceptée à l'université d'État en mathématiques parmi les meilleurs. Lorsque sa taille s'affina, les garçons s'intéressèrent enfin à elle pour autre chose que ses cahiers de notes.

Pavel tomba malade en 1981 et c'est Kolia qui s'occupa d'elle. Sa compassion l'étonna lui-même, elle s'avéra d'ailleurs assez naturelle, contre toute attente. Depuis quelques semaines, Pavel se liquéfiait littéralement sur la cuvette chaque matin. Au début, Macha et Kolia ne s'en étaient pas tellement alarmés, c'était dans ses habitudes, aux cabinets quarante minutes à la fois. Pavel y avait installé une petite table avec feuilles et stylo pour prendre des notes pendant ses expulsions. Un jour il trouva un peu de sang glaireux dans ses selles, une semaine plus tard, il s'évanouit sur la cuvette et s'écroula par terre, en sueur. Macha le trouva dans cette position qui la traumatisa au point qu'elle fut constipée pendant des jours.

Renommée aidant, Pavel fut admis à l'hôpital dans une chambre privée. On lui diagnostiqua un cancer du foie et on laissa entendre que l'alcool en était la cause. On le sevra sévèrement, sans lui demander son avis. Les premiers jours, il sua comme un porc, jura, trembla tout le temps. Il hallucinait la nuit des monstres, des pieuvres, des araignées, des cosmonautes et des chiens revenus de l'espace avec un troisième œil ; il se réveillait en hurlant, ne sachant plus s'il était mort ou à l'hôpital. Il insultait tout ce qui bougeait à proximité de lui, rotait de la bile, puait du crâne. Ses proches s'étaient accoutumés aux insultes. Pour eux, c'était une « habitude » de plus, comme la diarrhée ou son haleine à mettre k.-o. n'importe qui.

Pendant onze mois, de novembre 1981 à septembre 1982, il fut tous les jours à deux doigts de la mort, et c'est ce que tous espéraient pour lui maintenant, la mort. Son foie, sclérosé, dur comme pierre, avait empoisonné les autres organes ; tout était détraqué dans la carcasse sèche du géant. Le docteur, une jeune rousse assez ronde, boudinée dans son sarrau, répétait depuis juin que c'était pour bientôt. Mais « bientôt » mettait du temps.

En attendant, le corps était sommairement nettoyé, la crasse se logeait dans ses rares plis, et la lymphe mal drainée le rendait bouffi. Le visage de Pavel, après toutes ces années d'alcool quotidien (deux bouteilles de vin de pomme par jour agrémentées de vodka), était devenu méconnaissable. Il avait les traits tirés comme avant, mais les joues avaient disparu, les chairs fondu sur les boursouflures. Son teint déjà cireux d'ivrogne avait jauni davantage, comme si l'urine, mal évacuée par la sonde accrochée à ce qui restait du sexe, lui sortait par les pores du visage comme une sueur maligne. Toute sa personne suintait. Pavel avait le regard vitreux et les lèvres sèches, écorchées par les doigts maladroits des gardes qui cherchaient encore à lui nettoyer les dents et les gencives enflées par les drogues de la fin. Le corps était corrompu à l'intérieur et ressemblait à un cadavre rempli de la farce des morts.

Pavel mourut dans l'après-midi pendant que Kolia pissait sur un arbre du parc. Lorsqu'il arriva dans la chambre, Kolia trouva Bounine et Macha assis de chaque côté du lit. On avait débranché les appareils. Un drap avait été tiré sur le cadavre.

Bounine s'étant éloigné de Moscou (sa distinction de 1970 lui assurait une retraite agréable dans une datcha retapée à Rostov-sur-le-Don), c'est donc sur les bras de Kolia que la fille de vingt-quatre ans tomba. Il n'avait pas anticipé sa chute.

Au début de l'hiver, Macha commença à découcher. Il se dit : Tant mieux, elle va se caser. Mais elle changeait de garçon chaque fois qu'elle découchait. Il ne se serait pas inquiété qu'elle s'amuse, mais l'âge des garçons augmenta de plus en plus avec le temps. Et il arriva un soir où il fut impossible de dire que le type du jour était un *garçon*; l'homme avait facilement un demi-siècle, un bide d'otarie, et il se rasait le crâne pour escamoter une calvitie dont le degré avancé n'échappait à personne.

Kolia ne sut pas trop comment s'y prendre pour en discuter avec elle. Il eut l'air ridicule. Il reçut une tasse par la tête et des insultes. Elle hurla :

— T'es un moine, toi !

— Non, je suis discret.

La tasse se fracassa contre le comptoir, ratant de justesse l'oreille de Kolia puis la carafe d'eau.

— T'as passé trop de temps avec des hommes quand t'étais jeune.

— Pas comme tu penses.

— T'es jaloux ?

Kolia se retint de frapper. Il changea de sujet pour se calmer.

— T'es drôlement bien vêtue depuis quelque temps.

— Et alors ?

— Tu te maquilles beaucoup les yeux.

— Et alors ?

Elle se dirigea vers la porte, mais il la rattrapa par le bras.

— T'as des bijoux. T'en avais pas avant.

Elle se dégagea et alla se placer derrière la table de cuisine.

— J'ai tout acheté avec l'argent de papa.

— Lequel ?

— L'argent de papa.

— Lequel ?

— Quoi, lequel ?

— Quel « papa » ?

Il vit arriver la soucoupe, la salière et la nappe en coton. La salière avait sifflé près de son oreille gauche, la soucoupe le blessa à une jointure. Il suça sa jointure touchée, ça goûtait le fer, il cracha par terre.

Macha ne revint pas dormir à la maison pendant trois jours. À son retour, pendant qu'elle se douchait, il fouilla les poches de son manteau. Il trouva de l'argent, des préservatifs allemands, un carnet listant des numéros de téléphone, quelques adresses mais surtout des numéros ; aucun nom : des initiales. Il en voulut à Pavel d'être mort. Bounine lui répondit au téléphone qu'il n'en avait rien à foutre, qu'il était trop vieux pour les conneries de la petite, majeure au demeurant, et que c'était en somme son problème.

Elle rentrait tard mais ne manquait apparemment aucun cours à l'université, puisque, six mois après le début de ce carrousel d'hommes, elle obtint son diplôme avec des résultats supérieurs à la moyenne. Elle fut invitée à poursuivre ses études au cycle suivant.

Kolia remarqua alors que le même homme était venu deux fois de suite. La troisième fois, l'homme en question se présenta. Alexandre, qu'il s'appelait ; quarante ans, blond, taille normale et allure franche. Kolia se surprit à le trouver sympathique et espéra très fort que.

Et oui, le type revint, prit place à leur table et soin de Macha, à sa façon (cadeaux sobres, repas à l'extérieur), puis la demanda en mariage au bout de quelques mois de fréquentation. Elle décida d'accepter. Elle avait vingt-cinq ans. Kolia se dit qu'il était temps.

Elle quitta l'appartement et s'installa à Rostov avec son homme, qui dirigeait une école élémentaire. Le vieux Bounine en retraite pas loin, tonton, qu'elle l'appelait, elle était contente. Kolia se retrouva seul dans l'appartement de Pavel, qu'on lui avait laissé. Il se posa vraiment et, à quarante-six ans, prit le tournant.

Les filles du cirque

KOLIA avait fréquenté la même prostituée pendant le dégel des années soixante, une grande fille aux cheveux blond sale (un blond cendré qui faisait moins pute que le blond Marilyn Monroe auquel les professionnelles étaient attachées). Il l'avait appelée une fois par semaine jusqu'à ce qu'elle soit admise au théâtre, où elle changea de look et de nom ; elle disparut alors du réseau des putes et Kolia dut se contenter par la suite des filles du cirque.

À la mort de Pavel et, surtout, après le départ de Macha, il vit son visage changer, ou en tout cas la perception qu'il en avait se modifia, et il crut que la laideur lui était tombée dessus. À la surface du visage, les traits avaient vieilli comme la peau et les muscles qui donnent les formes et le bombé de la jeunesse, mais qui, avachis, font ressortir le squelette. L'image que le miroir lui renvoyait depuis qu'il avait vu Pavel se détruire et fondre, rentrer en lui-même à mesure que la mort imposait son masque, cette image, donc, échappait à la réalité. Mais ça, il n'en avait aucune idée. Il avait son reflet en horreur, même si son visage réel n'avait rien de repoussant. Cette image qui ne lui ressemblait pas l'obséda pour un temps.

Il tenta de former à cette époque un duo au cirque avec une jeune auguste qui ne devait lui servir que de fairevaloir. Kolia tenait toujours son rôle de mime sur la piste. Il sortait bien à l'occasion deux ou trois mots, souvent les mêmes, Bonjour Attention Atchoum, que le public espérait à chaque entrée l'entendre dire, à l'étranger aussi, où on l'autorisait maintenant à tourner.

La jeune auguste s'appelait Ioulia. Il vit la fille exécuter seule une entrée courte à la fin de sa formation et l'embaucha immédiatement, sans attendre la remise des diplômes.

Ioulia avait une demi-tête de plus que lui. On fabriqua à Kolia une paire de chaussures à semelles compensées discrètes, tandis qu'elle portait sur la piste des chaussures plates surdimensionnées agrémentées de grelots conséquents. Le bout de chaque godasse rappelait ce gros orteil de dessin animé qu'on aurait frappé avec un marteau. Elle était vêtue sobrement d'un pantalon cigarette taupe, d'un t-shirt marine et d'une veste trop grande de la même couleur que le pantalon. Elle portait une perruque blonde et courte, un carré surmonté d'un chapeau melon noir fixé à la moumoute à l'aide de deux épingles de nourrice un peu rouillées. Elle ne se blanchissait pas le visage mais se peignait les lèvres en rouge, posait un rond du même rouge sur chacune de ses pommettes et s'était fabriqué un nez de clown, rond et pourpre, qui émettait un bruit de klaxon de vélo quand on le pressait. Elle jouait de la guitare sur un instrument dont l'une des cordes était cassée. Ioulia restait dans l'ombre de Kolia, qui n'avait rien changé au costume des débuts qui l'avait fait connaître du public, si ce n'est les chaussures. Elle ne parlait pas et la neutralité de ses habits de scène ne permettait pas vraiment aux spectateurs de la caser chez les femmes. L'affiche de la troupe l'identifiait sous son nom d'artiste : Grelot. Kolia s'appelait toujours Kolia.

À leurs débuts, Kolia tenta d'adapter les entrées du trio Bounine à leur duo. Mais quelque chose clochait, le personnage de Grelot n'était pas dans l'esprit du personnage de Pavel, et encore moins dans celui de l'auguste de Bounine. Il travailla tout l'été de 1983 avec un auteur sur une dizaine de numéros originaux pour les tournées. Au bout de quelques semaines, le fil rouge du duo se déploya enfin et il entreprit avec sa partenaire de piste de mettre le feu, littéralement, à un tas de livres devant les spectateurs.

Elle avait dans les yeux une naïveté d'enfant qui le fascinait, quelque chose de pur, sans malice, qu'il n'avait jamais vu chez un adulte, où il découvrait la plupart du temps une ombre, une marque qui le tenait à distance. Il se demanda si cette profonde douceur faisait partie du personnage qu'elle s'était créé ou si c'était encore elle, dans le regard. Hors costume, Ioulia l'évitait, non pas par dédain, comme le crut d'abord Kolia, mais parce qu'il l'intimidait. Elle lui plaisait, mais il ne tenta aucune approche. Convaincu depuis qu'il avait vu le cadavre de

Pavel, la laideur absolue que la mort impose au corps, que sa propre gueule éloignait les femmes, il abandonna toute velléité séductrice et se contenta d'être un bon collègue de piste.

Combustion

KOLIA S'ENTRAÎNA devant le miroir pendant des semaines avant de la trouver, sa grimace indescriptible, complète, composée de tout ce que le visage avait de mobile, et d'une laideur totale. Les yeux mi-clos, les sourcils redressés pour former deux triangles parfaits dont le sommet atteignait le milieu du front, le crâne nu et des poils dans les oreilles que personne dans la salle ne distinguait, voilà à quoi ressemblait, en somme, le visage sur lequel la grimace se dessinait. La première fois qu'il la présenta aux spectateurs, au début de l'entrée sur le thé, deux enfants au front se mirent à pleurer si fort qu'il les entendit. Ioulia, formée pour faire rire, décrocha un instant. On le sait quand son partenaire décroche, à cause du frisson dans le dos que ça donne. Il se retourna, lui fit un clin d'œil rapide, la rattrapa avec un bras imaginaire et enchaîna, sûr de lui comme un maître. Le but d'une entrée est de faire oublier au spectateur mort de rire qu'il a eu peur, au début, et c'est en voyant les deux petits sourires, au moment du salut final, que Ioulia comprit l'essence de son art, ce qui ne peut s'enseigner à l'école des arts du cirque mais qui se vit, ou s'éprouve, sur piste, quand ton nom est à l'affiche, et qu'on pourrait nommer, avec toute la banalité du monde, la magie.

Ils avaient obtenu l'autorisation de mettre le feu à des livres dans une immense casserole. Kolia avait embauché un scénographe de théâtre pour la fabrication des livres sans écriture. Les couvertures cartonnées, de toutes les couleurs, protégeraient les pages vierges et feraient durer le feu. Au cirque, on avait voulu savoir quel genre de livres seraient brûlés et pourquoi. Kolia expliqua dans ses mots, peu nombreux parce qu'il faisait comme Pavel, dans la litote, que les livres seraient « blancs », sans mots, et que les deux clowns les brûleraient pour se réchauffer. On demanda à voir, comme toujours, avant de laisser faire. C'est des cahiers vierges que tu brûles, pas des livres, décida le directeur. On lui suggéra de lâcher un seau d'eau du plafond pour éteindre le feu rapidement et les mouiller tous les deux, ça correspondait bien plus au rôle du clown, mais Kolia refusa, l'idée était un cliché monstrueux de clown américain. On lui fit remarquer que brûler des livres, c'était douteux, ce à quoi il répondit que c'était justement la raison pour laquelle les livres qu'il brûlerait n'étaient pas encore écrits. On lui demanda pourquoi. Parce que, fut sa dernière réponse, et convaincu de son pouvoir il tourna les talons, mallette à maquillage à la main, costume sous le bras.

À cette époque, Gorbatchev commençait à apparaître sans tache sur les photographies officielles et les documents de propagande. Les affiches de Madonna et de New Order, par la bande, allaient lui disputer quelques murs.

TROISIÈME PARTIE

La statue

LA VIE de Kolia fit un coude. Les deux mouvements n'avaient rien à voir l'un avec l'autre, mais la sphère intime explosa à l'intérieur d'un monde qui allait imploser. Le duo Kolia naquit sous Andropov et se développa pour l'essentiel sous Gorbatchev, avant de se dissoudre en 1987.

Pendant ces quatre années de duo, il vit par ailleurs Macha, mal mariée, maigrir comme un sidéen. Ses os se mirent à pointer sous la peau, ses yeux étaient soulignés de cernes bistre. Son corps maintenant décharné faisait peur. Elle était scandalisée, au début de sa maladie de tête, comme elle disait, de voir que ses cuisses se touchaient quand elle se détaillait dans le miroir, debout ; elle se voyait grosse, bien que sa peau collât aux os comme un drap ; il y avait encore trop de chair, un peu trop d'elle-même. En principe, elle était institutrice, mais la fatigue la gardait à la maison une partie de l'année. La maigreur empêchait la grossesse, les couples sans enfants payaient plus d'impôt. Le mari la traitait de mule dès que possible.

Ils étaient tous trois attablés un vendredi soir à Rostov. Le mari avait quelques relations à Moscou. C'était le genre de personne avec qui il ne fallait pas trop échanger, mais garder une distance polie. Alexandre parlait d'un ami, un certain Igor, qui devait bander comme un cheval en entendant l'hymne national et qui mourrait dans son fauteuil de fonctionnaire, impotent mais décoré ; Igor, donc, il paraît qu'il connaissait Kolia.

— Il aime le cirque, c'est bon pour nous, dit Kolia.

Alexandre souriait en expirant la fumée de sa cigarette, la chaise en équilibre sur deux pattes, le dos soutenu par le mur.

— Non, il ne l'aime pas particulièrement. C'est pour les enfants, qu'il dit. Il a vu ton nom dans un dossier récemment. Il paraît que tu cherchais quelqu'un dans les années cinquante ou soixante ?

— Iossif.

— Un ami au camp ?

Macha intima à son mari de se taire, lequel se servit à boire sans dire un mot et afficha entre deux gorgées un sourire suffisant jusqu'au moment de la soupe, où il insulta sa femme franchement, une habitude qu'il décida ce jour-là de rendre publique.

Kolia attendit que Macha soit dans la cuisine pour se lever bien tranquillement de sa chaise et attraper le mari par le collet.

— Tu lui parles encore une fois sur ce ton, tu la traites encore une fois de mule et c'est dans la soupière, en morceaux, que je te mets.

Il le relâcha. Se rassit. Se ravisa au bout d'une minute à peine. Se releva, lui enfonça un doigt dans la poitrine, entre deux côtes, s'assura que les muscles intercostaux lui feraient mal toute la soirée et lui répéta mot pour mot ce qu'il venait de dire. Macha revint de la cuisine avec la soupière. Kolia, réinstallé à sa place, força un sourire.

On se rend à Rostov depuis Moscou en train. Kolia y allait chaque mois même si le trajet prenait une dizaine d'heures. Il s'installait chez Bounine, dans la maison de campagne construite à la diable que le maître avait fait rénover avant son arrivée, assez froide l'hiver mais on pouvait l'habiter à condition de ne pas se promener nu et de s'habiller en sortant de la baignoire. Les latrines plantées à l'extérieur de la bicoque avaient tout du trou à merde, mais l'été, à part l'odeur fétide, on s'en accommodait. L'hiver, c'était plus compliqué, on y pensait à deux fois avant de sortir pour vider le pot de chambre à l'endroit prévu. Il évitait la maison de Macha depuis l'incident ; il préférait la voir à la gare, un endroit neutre qu'il affectionnait. Il aimait observer les gens et perdre son temps, surtout le dimanche.

En décembre 1986, Ioulia quitta la troupe pour créer un solo. Il s'y attendait parce que depuis l'été elle prenait de plus en plus de libertés sur piste, le duo était devenu, pour elle, une sorte d'enclos. La dernière fois qu'ils avaient présenté leur spectacle, il faisait humide et François Mitterrand était en visite officielle au pays.

Et puis Kolia se dit que c'était le bon moment pour changer de monde lui aussi. Il quitta donc le cirque de Moscou et la ville qui lui avait donné du travail pendant trente ans. Il ne s'était attaché, depuis son arrivée dans la famille, qu'à Bounine et Pavel, à Macha aussi, par extension.

Un dimanche de juin, il rédigea dans une langue figée, de bois, quelques lettres dans lesquelles il demandait une réaffectation. La bande de Moscou ne lui organisa aucune fête de départ, rien. On faisait partie à vie du cirque, on ne le quittait pas. Il vida l'appartement, offrit des meubles à Eva, la vieille tireuse de tarot. Une nuit où il ne pleuvait pas, il s'engouffra dans la voiture de Macha et quitta Moscou sans en faire un cas.

Un petit cirque itinérant qui créchait à Rostov l'accueillit en se pinçant. Kolia s'installa chez son vieux maître et se procura une Slavoutitch TS-202 pour regarder les émissions d'actualité et les vieux films. Il fallait veiller tard pour échapper à l'édification de l'Union.

En arrivant, il retira tous les miroirs des aires communes dans la maison de Bounine, y compris celui de la salle de bain. Le vieux, se déplaçant lentement, avec toutes les précautions inimaginables à cause d'une fragilité des os qui le faisait jurer avec la régularité d'un coucou, ne trouva rien à redire. Ça l'arrangeait de ne pas croiser sa gueule quand il changeait de pièce ; il garda une glace ronde dans sa chambre cependant, au cas où.

Parce qu'il aimait voir dans le miroir le cul de sa maîtresse qui venait une fois par semaine en échange de nourriture (du lait, un saucisson, du pain, du chocolat, des fruits frais, etc.), de produits courants auxquels les femmes tiennent tant (serviette-éponge, tampons, dentifrice) ou de luxe (une crème pour le visage, *Fidji* de Guy Laroche, un vêtement Zaïtsev). Il disait « ma maîtresse » parce que « pute », ça exclut le désir réciproque, et Bounine s'imaginait que la petite prenait son pied. Il ne pouvait supporter l'« amour » que sur le dos, à cause de ses os fragiles, et bandait comme un vieux, à moitié. Elle ne geignait pas. Lui, par contre, gueulait et soufflait comme un bœuf jusqu'au faîte du plaisir, qu'il atteignait dans un silence solennel et apparemment rédempteur d'église vide.

Il n'était pas rude avec elle, n'en avait pas vraiment la force de toute façon, il ne l'insultait pas ; il arrivait quand même, de temps en temps, à caresser une cuisse, attraper une fesse, rarement un sein, car il aurait fallu décoller les épaules du lit et ça demandait trop d'efforts. Il n'existait plus que dans le sperme. Secrètement, le vieux espérait que la jeune femme tomberait enceinte, il espérait que les capotes ramenées d'Allemagne éclateraient, mais leurs rapports étaient trop doux pour perpétuer la race.

Elle refusait bien sûr de l'embrasser. Elle n'avait rien contre, a priori, mais elle lui trouvait une bouche immonde : les lèvres sèches, fendues à plusieurs endroits de petites gerçures transversales, une perlèche chronique qui l'empêchait depuis des années de croquer dans une pomme ou de manger des cornichons. Pour les baisers, c'était « non » tout le temps, au début. Après, Bounine cessa d'en demander. Le soir, quand il était seul au lit, il s'embrassait à la saignée du bras. Si on l'avait vu faire, on aurait eu envie de l'écraser comme un insecte, ou il serait mort de honte. Être pris en flagrant délit de tendresse pour soi, c'est pire qu'être surpris en train de se masturber. En tout cas, c'est ce qu'il pensait, alors il verrouillait la porte de sa chambre à coucher le soir. Il allait mourir bientôt. Il couchait avec une jeune femme. Il disait que la mort s'attrape dans le corps des femmes mûres.

Le vieux, donc, était cloué au lit une bonne partie de la journée par une douleur dans les os. Aucun médicament prescrit par le docteur n'arrivait, disait-il, à « geler les morceaux » ou à « tuer le mal de pope ». Il se faisait ramener d'Allemagne, avec ses capotes, des pilules plus fortes qu'il rationnait au prix d'une douleur presque permanente. Les moments sans douleur qu'elles lui procuraient de temps à autre étaient sa définition du bonheur.

Il avait trois chats qui lui rapportaient tous les jours des oiseaux moribonds et des rats immenses. On ne savait pas quoi faire des bêtes mortes qui attiraient les carnassiers du coin. Kolia décida cet été-là de creuser un trou sanitaire dans la cour arrière et d'y jeter les corps d'animaux. L'un des chats, Monocle, borgne comme un pirate et laid à faire peur aux rats des champs, avait perdu l'instinct de chasseur propre à son espèce. Bounine l'adorait. Sans les visites de la jeune fille, les médicaments allemands et la nécessité quotidienne de nourrir son animal amoché, Bounine aurait été un colocataire impraticable.

Tout en se retournant dans son lit le soir chez le vieux, Kolia essayait de prévoir l'attitude de la petite troupe qu'il devait rencontrer le lendemain. Il s'adressait à elle, déjà, sans l'avoir rencontrée, préparait dans sa tête un mot d'introduction qu'il livrerait de sa voix qu'on n'entendait pas souvent. Il s'en faisait pour rien, car son arrivée dans la troupe de Rostov était perçue comme un événement. Oh, en cherchant un peu, on trouverait quelques langues sales qui croyaient à une disgrâce, mais elles étaient marginales. Kolia ne mesura jamais très bien l'impact de ses entrées sur le cirque soviétique en général ni l'ampleur de sa popularité, malgré les salles combles et les lettres qu'il recevait par dizaines chaque semaine. Il ignorait à quel point on lui avait fait une faveur en l'autorisant à partir de Moscou pour intégrer la troupe de Rostov. On savait que Kolia était attaché à son maître. On savait aussi que le maître était vieux et que la compagnie d'un ami l'« égaierait » (c'est le mot qu'employa le fonctionnaire gris qui défendait le dossier). On savait même ce que Bounine ne savait pas au sujet de sa propre santé. On savait que la maladie le détruisait lentement et sûrement. On le lui dirait, mais pas tout de suite, on ne voulait pas gâcher les deux ou trois années qui lui restaient et on avait prévu de lui ériger une statue à Moscou, près de l'ancien cirque. On savait tout grâce aux murs, aux téléphones, y compris ceux dont le combiné ne bougeait jamais du socle, et aux jeunes femmes charnues qui n'embrassent pas.

Bounine et Kolia se trouvèrent une routine confortable. Kolia se levait tôt pour les répétitions et les représentations en matinée, Bounine dormait tout l'avant-midi, recevait deux midis par semaine sa maîtresse indiscrète, et le reste du temps il rédigeait des lettres, écoutait la radio ou regardait la télévision en flattant le chat borgne. Le soir, lorsque Kolia était libre, ils préparaient ensemble un livre de gags que Bounine souhaitait faire publier. Sur les cinq cent cinquante-huit gags accumulés dans des carnets de fortune depuis des années par le maître et Pavel, à qui Bounine dédierait le livre, ils en choisirent deux cents.

Le livre sortirait en 1989, juste avant l'ouverture du mur de Berlin, sous le titre niais choisi par l'éditeur, contre qui Bounine n'avait pas eu l'énergie de se battre, *Le clown Bounine te parle*. Le succès fut à la hauteur de celui qu'il avait connu sur piste. On trouva même un exemplaire du livre dans une brèche du mur. Quelqu'un l'oublia là, ou voulut signifier on ne sait quoi en l'abandonnant sur la pierre dans le trou. Peu importe. Un reporter fit son topo là-dessus et rendit visite à Bounine et Kolia juste avant l'hiver. Il s'étonna de voir que le vieux répondait à son courrier personnellement, une dizaine de réponses rédigées par jour.

— Tu reçois tes lettres chez toi ?

— Non, une fois par mois, le cirque m'envoie de Moscou le courrier qu'on m'adresse. Je réponds aux lettres les moins bêtes. J'ai tout mon temps avant de mourir, mais j'ai pas besoin de conneries.

— Justement, camarade Bounine, on me dit que ta santé est meilleure. Tu as reçu d'excellents soins. Et Moscou qui te verra en pierre bientôt. Nous nous réjouissons tous pour toi.

— J'ai mal aux os tout le temps. Je ne sais pas qui vous a dit que j'allais bien. Oui, une statue. Et alors? On se connaît?

— Pas personnellement, non, s'étonna le journaliste. Pourquoi?

— Mon nom, c'est Ilia Alexandrovitch Bounine, pas « Bounine ». D'ailleurs on me dit « vous » quand on ne me connaît pas personnellement.

Bounine congédia le journaliste au bout de trente minutes de comédie. Kolia, resté dans la cuisine, après avoir reconduit et salué le type qui regagna sa voiture empruntée à un ami, mit une heure à calmer le vieux.

— Il se prend pour qui? On a fait la guerre ensemble? Qu'est-ce qu'il sait de ma santé, hein? « Et Moscou qui te verra en pierre bientôt »! Porc! S'il revient, je le fais pendre par les couilles sur la place publique.

La semaine suivante, on lut dans le journal que le clown Bounine était au mieux, qu'il avait été soigné par les meilleurs médecins soviétiques et qu'il assisterait à l'érection d'une statue en son honneur près du vieux cirque à Moscou. On assurait les lecteurs que le clown répondait personnellement à tout son courrier. Enfin, on publiait la date de présentation de son numéro d'adieu.

Bounine envoya une lettre d'insultes au journal et menaça la direction du cirque de Moscou de ne pas se pointer à la cérémonie de la statue. Il leur suggéra de recourir aux services d'un hologramme de lui-même pour le spectacle qu'il n'avait jamais accepté d'offrir. On ne donna pas suite à ses récriminations, on ne releva pas le trait d'humour douteux, on avait à faire ailleurs, l'URSS était en train de crever, le projet échouait. Lors de la célébration officielle du 1er mai, Gorbatchev fut hué par la foule. Il obtiendrait plus tard dans l'année le prix Nobel de la paix dans une relative indifférence en URSS.

Bounine n'offrit pas de spectacle, il n'en était pas question, il arrivait à peine à se tenir debout sans ses deux cannes, mais il assista à la cérémonie de la statue. Pour s'aider, il imagina le parterre flambant nu et maugréa dans sa barbe durant les discours plats, comme un vieux car il était vieux mais pas con du tout, insultant à part lui et en souriant tous ceux qui étaient visibles : « Caves, bites molles, nouilles chinoises. » Il mourut quelque temps après l'érection de sa statue et la promulgation de la Loi sur l'interdiction de la censure dans les médias.

La démonstration

OR, AVANT de mourir, le vieux Bounine ferait autre chose pour Kolia. Il lui avait donné sa chance, comme on dit bêtement, en lui ouvrant (même à reculons, même pour rire et faire plaisir à Pavel qui l'aimait bien) les portes de l'école du cirque. Trente ans plus tard, il le sortirait de prison.

C'était en 1988. Le couple nouveau genre vivait assez bien. Il recevait Macha une fois par semaine pour le thé, le dimanche en général. Macha arrivait autour de dix-sept heures, après la tournée de Kolia incognito à la gare.

Sur les quais, Kolia avait renoué avec ses habitudes de pickpocket. Il volait un billet ou deux, un mouchoir, un peigne. C'était moins l'objet volé qui comptait que le geste lui-même, ou sa beauté. Un vol réussi est une victoire sur l'ordre établi par d'autres, un carré parfait.

Tenant le thé vert pour la boisson la plus diurétique qui soit, souhaitant dégonfler même si elle n'était plus qu'une charpente et réduire magiquement la circonférence de ses os, Macha en buvait des litres. Elle se remplissait et se vidait tout aussi vite. Se remplir de liquide et se vider rapidement occupait sa journée – boire, attendre l'envie, se vider, recommencer. Une machine. Bounine et Kolia préféraient les variétés noires, mais depuis quelques années le vieux ajoutait un peu de sucre et du lait à son thé pour l'adoucir.

Il y avait deux théières sur la table. L'une, en fonte, avait été rapportée du Japon par Bounine et servait au thé vert. On ajoutait de l'eau pas trop chaude sur les feuilles jetées dans le récipient. Au terme de l'infusion d'une minute environ, Macha versait la boisson déliée dans une grande tasse. L'autre, en porcelaine sans motifs, était réservée au thé foncé. Le samovar, trop encombrant, trop russe, pas exotique, avait été remisé avec les casseroles.

Ce dimanche serait évidemment tranquille. « Évidemment », parce que les catastrophes comme celle qui s'en venait sont rarement annoncées. Macha s'était bien trouvé deux ou trois ganglions enflés dans le cou en se levant, mais à part ça non, rien. Les messages ésotériques envoyés par le corps ont leurs limites. On sonna à la porte d'entrée. Deux des trois tasses étaient combles. Kolia se leva aussitôt. Macha s'étouffa à cause du mouvement brusque de Kolia (la table trembla dans un bruit de couverts, une poupée à l'effigie de Bounine tomba tête-bêche). Ce n'était pas le mari fruste qui, le dimanche, allait plutôt décharger dans l'origine des putes pour leur faire des fils qu'il n'élèverait pas. Non. Et on n'attendait personne.

Bounine n'avait pas bougé. Deux voix crièrent le nom de Kolia au complet – on avait la politesse de le connaître : une attention qui n'avait rien de rassurant dans les circonstances. En se dirigeant vers l'entrée, il se cogna le coude contre une penture. Les agents étaient presque trop grands pour le toit de la véranda, et la mangeoire à oiseaux, curieusement placée dans le chemin des visiteurs, se balançait entre leurs têtes. Ils arboraient un air suffisant. Léger mouvement rapide des lèvres pincées chez l'agent qui allait parler le premier. Près de ses parties, il y avait la matraque et le pistolet. Kolia se frottait nerveusement le coude. On lui demanda ses papiers. Il ne les avait pas sur lui. Il se retourna et vit une main, celle de Bounine, qui les lui tendait. Il ne vit pas son regard, mais le vieux n'avait absolument peur de rien dans ce pays. L'autre policier chuchota quelque chose à l'oreille de son partenaire après avoir examiné le document. Il demanda à Bounine, fermement mais poliment tout de même, de se retirer. Pour tester Kolia, il le poussa un peu après l'avoir attrapé par le coude droit, celui qui venait de heurter le coin du mur, il le fit ensuite monter dans une voiture sombre et ils partirent, laissant la porte de la datcha grande ouverte.

Macha alla se rasseoir dans le salon avec sa tasse de thé, s'étouffa à nouveau et se mit à pleurer. Bounine la rejoignit dans la pièce après avoir fermé la porte et s'être assuré qu'il n'y avait aucun témoin. Il sortit un carnet de la bibliothèque, mouilla son index, décrocha le téléphone et composa le numéro d'un ami sur lequel il avait le doigt. Pendant qu'il discutait avec le type, il tenta de calmer Macha en lui tapotant la tête maladroitement, comme si elle avait quatre ans.

Les agents conduisirent Kolia dans un lieu qu'il ne put identifier. Un immeuble beige sans signe distinctif. Le plus jeune le guida par le coude dans le corridor gris. Il lui dit de ne pas marcher plus vite que lui, de ne regarder personne dans les yeux, de fixer le sol, que c'était mieux pour lui.

Des ordres pour décourager la résistance et qui foraient l'abîme. On le fit entrer dans une pièce exiguë où un officier signait des papiers. C'est là que, pendant une heure, l'homme lui posa les mêmes questions, auxquelles il répondit la même chose en haussant un peu plus le ton chaque fois. Vers vingt heures, l'officier reçut un appel. Il parut légèrement contrarié (un tic musculaire dans le cou) puis raccrocha. Il eut l'air de se plonger sérieusement dans ses papiers, mais au bout de quelques minutes il se leva, contourna le bureau et appuya ses fesses contre le rebord de la table, devant Kolia.

— C'est bon, camarade Chatrov, tu peux partir. C'est fini. Attends qu'on vienne te chercher.

Kolia alla pour parler, mais l'autre lui fit signe de se taire.

Le même jeune agent qui distribuait des ordres du haut de son poste de subalterne le raccompagna. Ils passèrent par un chemin différent. Dehors, une voiture l'attendait. L'agent monta avec lui.

— T'as une face qui attire les coups, dit-il.

Dans un autre lieu tout aussi anonyme, Kolia jura qu'il était innocent, qu'il avait peut-être volé quelques objets sans valeur aux passants sur le quai, rien de grave, c'était pour garder la main, pour «l'amour de l'art», vous savez; une mauvaise idée, mais bon, n'en faisons pas tout un plat, hein. Il n'avait rien à voir avec les meurtres d'enfants et de femmes, Vous êtes fous. L'agent essaya de lui faire avouer qu'il était un boucher anthropophage, ou quelque horreur du genre. Il n'avoua pas. On le frappa. Il perdit plusieurs dents. Cet interrogatoire était inhabituel. L'agent avait mouillé de sueur le col de sa chemise. Il enquêtait sur cette affaire depuis des années. Il devait coffrer quelqu'un. Il répétait, à bout de nerfs :

— Tu as tué des enfants. Tu as tué des prostituées. Tu leur as crevé les yeux. Tu as mangé des sexes de garçons. Des tétons de gamines blondes. Pourquoi?

Kolia répondait «non» à chaque fin de phrase.

Il ne comprenait rien à ce qu'on lui racontait. Il en avait oublié la douleur au coude et son visage amoché, qui enflait presque à vue d'œil, devint une plaie ouverte et humide. Dans le cabinet où on le laissa se soulager, il découvrit dans le miroir une gueule de monstre. Et, pour la première fois peut-être depuis la mort de Pavel, l'image renvoyée correspondait exactement à la réalité. Son visage était d'une laideur parfaite.

On l'interrogea encore ainsi pendant une quinzaine de minutes, après quoi on le jeta dans une cellule qu'un matelas, une cruche d'eau et un pot de chambre meublaient. Dans le pot de chambre il cracha des dents et une masse molle. Il crut qu'on en avait profité pour lui mettre une couille de jeune dans la bouche (quand on cherche des preuves). Mais non, c'était tout ce qui n'avait rien à faire dans sa bouche : du sang et la morve passée par le palais ou remontée des bronches par la gorge. Ça lui leva le cœur et il vomit ce qu'il avait dans le corps. On le laissa dormir quelques heures en chien de fusil dans ses vomissures pour lui faire comprendre qu'on ne le mettait plus du côté des humains, parce qu'un monstre, ça ne pouvait pas être soviétique.

À son réveil à la datcha, il se dit que c'était fini. Il était sur les genoux ; on l'aurait été à moins. Il n'avait pas encore assez d'énergie pour poser des questions. Il était rentré à la maison, voilà tout. Le médecin s'occupa de lui avec des sédatifs et des analgésiques en piqûres et en capsules.

Un monstre aux lèvres mangées, voilà ce qu'il était devenu grâce au travail d'un agent parfaitement formé par des néonazis déguisés en camarades. L'attaque ne le condamna pas trop longtemps au manger mou. Mais, sans les prothèses partielles qu'on lui installa dans la bouche par la suite, son visage avait l'air d'un vieux fruit, et aurait l'air d'un vieux fruit chaque fois qu'il retirerait ses nouvelles dents.

Les autorités cherchaient un homosexuel ; elles avaient tort. Elles avaient interrogé les invertis de la ville au moment où les gens de l'Ouest commencèrent à s'intéresser au tueur de Rostov. Manque de bol, Kolia flânait sur les quais et près de la gare où les meurtres avaient été commis principalement ; on ne lui connaissait pas de femme ni de copines. Un homme étrange, taciturne, né au mauvais endroit de mauvais parents, un peu connu dans son ordre, mais suspect quand même.

Après recherches et recoupements, Bounine leur avait servi un alibi en béton qui tira son ami du Golgotha : Kolia était en tournée au moment des deux derniers meurtres, coupures de journaux à l'appui. On dédommagea Kolia en lui faisant envoyer des produits très utiles pour la vie quotidienne. On délégua aussi un bon médecin à la datcha pour réparer les dégâts. La promotion du jeune agent qui l'avait frappé fut révoquée sur-le-champ.

On mit la main sur le tueur en série beaucoup plus tard, au terme d'une longue enquête. Il s'appelait Andreï Chikatilo et il était marié. Il fut exécuté en 1994 après avoir été reconnu coupable des meurtres de cinquante-deux enfants et jeunes femmes à Rostov, vraisemblablement commis entre 1978 et 1990.

L'implosion

EN JUILLET 1991, un mois avant l'échec des putschistes à Moscou, Bounine mourut comme il l'avait souhaité, en dormant. Kolia le trouva à son retour du cirque en fin de journée. Le vieux ne s'était pas levé. La porte de sa chambre à coucher était encore fermée. Le chat n'avait pas mangé ; son bol d'eau était vide, il était monté sur la table et avait saccagé les biscuits secs qui traînaient. Le vieux se levait pour nourrir le chat, même en peine il le faisait ou alors il téléphonait au cirque. Le chat, c'est à peu près tout ce qui le rattachait encore à la vie matérielle. Kolia défonça la porte et trouva le maître dans son avant-dernier état.

Bounine avait demandé pour ses arrangements à être incinéré pendant qu'un pianiste interpréterait l'*Impromptu nᵒ 1 en do mineur* de Schubert. Tout coûtait la peau des fesses. Le cirque de Moscou offrit de payer pour le concert mortuaire. Le lendemain de sa mort, la notice nécrologique disait : *L'artiste de cirque Ilia Alexandrovitch Bounine, auguste célèbre, critique discret de son époque et maître des meilleurs clowns actuels, est décédé hier, 21 juillet, à son domicile de Rostov-sur-le-Don. Il était né en 1901. Artiste du peuple de l'Union soviétique, Ilia Alexandrovitch Bounine a été honoré à Moscou, où l'on a érigé une statue à son effigie le 8 octobre 1990 près de l'ancien cirque.*

Kolia se vit confier la datcha et tous les meubles dedans, le chat aussi, Monocle, le borgne, que le décès du maître envoya ad patres à l'automne. Il condamna la chambre de Bounine et essaya de se convaincre comme il put qu'aucun bruit de pas ne résonnait la nuit. Il adopta un chat adulte et prit l'habitude de le laisser monter sur son lit. Très vite, la présence du chat à ses pieds devint nécessaire, sinon il ne s'endormait pas. Les rideaux de sa chambre ne devaient jamais être tirés à la tombée de la nuit : la puissance du lampadaire planté dans le jardin lui permettait de distinguer ses deux mains dans le noir. Il rabattait la couverture sur sa tête mais laissait une ouverture pour son visage – yeux nez bouche –, parce que ce qu'il ne voyait pas, dans son dos et au-dessus de lui, l'effrayait ; la couverture ainsi rabattue faisait office de cotte de mailles. Cette période d'étrange insécurité, où l'on craint même de se rencontrer hors de soi, de faire face à son double parce que l'autre est parti, ne dura pas.

Macha fêta son anniversaire le 25 décembre. Son mari s'était arrangé pour être absent ce jour-là, ne voyait pas le but de fêter auprès d'elle, ne lui adressait la parole que pour les affaires courantes, il serait donc en voyage à Moscou jusqu'à la fin de la semaine. Après avoir entendu Gorbatchev annoncer à la télévision sa démission et, par là, la fin de l'URSS, elle ferma l'appareil et décida de quitter son mari sans savoir comment s'y prendre et vivre par elle-même. Kolia l'accueillit le lendemain à la datcha.

Il lui céda sa chambre et s'installa dans le salon fermé. La maison prit des couleurs. Macha accrocha des rideaux vert forêt aux fenêtres du rez-de-chaussée, suggéra qu'on repeigne la cuisine en parme et sa chambre à l'étage en jaune beurre. Kolia dénicha les couleurs à la fourniture du cirque et lui en apporta suffisamment pour couvrir les murs qu'elle avait choisis. Le premier jour de l'an fut consacré à revamper l'intérieur de la datcha.

Macha avait interdit le beurre, le chocolat, les gâteaux, la semoule, la polenta, les pommes de terre et le fromage trop riche. Kolia apprit à manger tout ça à l'extérieur. Elle cuisinait chaque jour une soupe de carottes lorsqu'il y en avait au magasin, ou alors c'étaient des betteraves, du chou, du poisson ou du poulet si on avait de la chance. Elle préparait une tarte aux fruits dont elle avait tiré la recette d'un magazine autrichien et des blinis aux champignons extraordinaires ; elle ne goûtait à aucun de ces deux plats. Le matin, elle mangeait la kacha ou du tvorog, jamais les deux ; le midi, elle buvait un bouillon, et le soir, elle s'autorisait du poisson ou du poulet avec un légume léger ou du pain noir. Au printemps, elle se découvrit des pommettes, et des os dont elle avait jusque-là ignoré l'existence se mirent à pointer sous les vêtements. Elle sourit plus souvent à partir de ce moment-là ; elle n'avait pas encore commencé à avoir peur des rides.

Kolia, lui, s'effrayait de sa maigreur progressive, d'autant plus qu'elle courait tout le temps. Le matin avant le petit-déjeuner, elle courait pendant une heure ; le midi avant de manger, elle courait pendant trente minutes ; et le soir, vers dix-huit heures, une heure et demie avant le repas, elle courait encore. Elle rentrait affamée, cuisinait, s'assoyait à table, mangeait comme un oiseau, se levait de table encore affamée. C'était chaque jour le même scénario de crève-la-faim. Elle joggait ; il volait à la tire. C'étaient leurs vices à chacun.

Il revenait d'un de ses tours à la gare, qu'il avait désertée quelque temps après l'arrestation. Il reprit rapidement ses aises sur le quai. Il ne volait plus que les hommes. Il ne s'intéressait qu'aux porteurs de vestons sur l'avant-bras ou aux types en chemise, les autres ne comptaient pas, trop difficiles à berner.

Il avait toujours un roman sur lui, qu'il lisait sur un banc, les chevilles croisées. Il surveillait ses proies par en dessous. Une fois qu'il avait repéré le coup parfait (montre de gousset, forme du portefeuille apparente dans la poche du pantalon, bracelet-montre, chaîne au cou), il agissait avec assurance, sans regarder autour de lui. Il faisait mine de monter en voiture, bousculait pardon monsieur un type apparemment bien, redescendait illico de voiture, le truc volé dans la main. Il ne se faisait jamais prendre, car il connaissait l'horaire de travail des employés, ne volait qu'un jour sur deux et ne prospectait pas la même section deux fois de suite. Il attendait d'être seul dans un endroit sûr pour évaluer la manœuvre et ne pickpocketait qu'une fois par jour de vol. Il n'avait aucun scrupule à voler près d'une église, car il ne croyait pas en Dieu et estimait que si la duperie y avait sa place il pouvait bien, lui aussi, s'adonner à son art du juste. Il détroussait les touristes un peu naïfs à qui il demandait son chemin sur une carte soviétique assez usée. Il ne blessait ou n'intimidait jamais personne et faisait même rigoler ses victimes en exécutant quelques tours faciles. Il pratiquait le vol bénin et s'était promis de ne jamais plumer les femmes.

Il remettait chaque semaine une petite somme à Macha pour ses dépenses personnelles et aider à couvrir l'achat des produits courants dont le prix avait augmenté scandaleusement : pain, ticket de bus, billet de train, sucre, etc. Il arrivait aussi à l'occasion qu'il lui fasse cadeau de produits nouveaux qu'on commençait alors à trouver dans les magasins, mais à prix prohibitifs, un jean de qualité par exemple, même si Macha était plus petite que la plus petite taille de jean disponible. Il s'offrit une édition française récente de *L'homme qui rit* et mit des mois à lire les deux tomes parce que son français était à dérouiller. Malgré la poussée du changement, violemment apparente, l'actualité politique et sociale était pour eux comme une voix off.

La Zona

IL CHOISIT le mauvais joueur pour son tour, le 20 juin 1992. L'homme qu'il avait repéré sur le quai portait une chemise blanche sans pli et affichait une belle montre au poignet. Kolia referma son livre et suivit l'homme jusqu'au marchepied. Il allait opérer comme d'habitude, bouscula donc sa victime, s'excusa pardon monsieur, mais le monsieur en question pardon sortit les menottes au moment où Kolia refermait la main sur l'objet visé. Il accompagna le policier sans faire d'histoires ; il était, cette fois-ci, d'une culpabilité limpide. Dans la voiture, il aurait pu penser que sa vie se terminait dans une parfaite symétrie, mais sa tête était restée sur le quai, à chercher l'erreur commise dans la procédure du vol.

Il ne passa pas longtemps en maison d'arrêt. Son nom lui assura un avocat et un procès expéditif. Tant mieux, parce que les conditions de détention dans la SIZO étaient rudes. Une cinquantaine de détenus en attente de procès s'entassaient dans une cellule qui puait la merde, le vomi, la sueur, la pisse et autre chose qu'on ne veut pas nommer. Durant le temps passé au centre de transition, il n'eut droit qu'à une seule douche, à aucun matelas, dormit sur le sol près d'un homme qui toussait dix fois par minute, croupissait là depuis neuf mois et attendait son procès comme le jugement dernier.

— J'ai signé leur papier, raconta le type. Ils t'attachent les mains dans le dos, te foutent par terre sur le ventre et te mettent la tête dans un sac en plastique, et tu t'évanouis. Le *slonik*. Ils me l'ont fait trois fois, les chiens. J'ai signé. Faut que je sorte d'ici, la prison c'est mieux.

À Kolia, on ne fit pas ce coup, dit de l'éléphant; pas de torture, mais on l'envoya dans une colonie pénitentiaire près de Rostov. Voler dans la poche des riches sur les quais, c'est quand même plus noble que de détrousser une mère de famille dans un magasin d'alimentation. N'empêche. On jugea qu'il jouait au voleur depuis assez longtemps. On l'avait observé pendant un moment. Il servirait d'exemple et ne reverrait pas le monde libre avant au moins un an.

En arrivant dans la Zona, après l'examen médical, il enfila un uniforme noir, pantalon et chemise, et il eut son nom épinglé sur la poitrine en haut à droite. On lui rasa le crâne et remit une casquette de la couleur de ses vêtements. Il dormit avec des monstres – des violeurs, des meurtriers, des gens qui ne sortiraient probablement jamais de là. Les lits simples étaient recouverts de faux duvets identiques de couleur orange brûlée, deux fenêtres sur le mur du fond, barrées, rendaient la situation moins étouffante en apparence. Le jour, on entretenait les lieux, on lavait le plancher avec un compagnon de dortoir, un seau et un linge, ou on se lançait dans des travaux importants avec une brouette, une pioche, à l'usine de la Zona ou sur un chantier environnant. On mangeait au réfectoire dans une gamelle très profonde. Au bout d'un mois de ce régime, le bloc de pain dur invariablement servi commença à goûter la craie, les plus vieux l'avaient baptisé « la tête de la massue ». Les prisonniers se lavaient avec un gant de toilette, debout sur les bancs de pierre parce que le sol était pourri, ou sous le jet insalubre des douches dont les cous fins et les pommes avaient à l'origine la couleur du cuivre. Les nouveaux sentaient immédiatement que leur cul était convoité par les bougres et devaient manœuvrer finement pour éviter les coups de boutoir violemment sexuels. Le temps libre se passait dans les aires communes, au parloir avec une vitre entre un membre de sa famille et soi, dans une salle privée pour les couples.

On ne s'échappe pas de la Zona. Comme au camp, même si le centre est ouvert, c'est-à-dire qu'on peut circuler parfois à l'intérieur de la zone, la frontière avec le monde libre est infranchissable, surveillée comme une mine d'or. Ceux qui en sortent avant d'avoir purgé leur peine le font les pieds devant, à cause du sida ou de la tuberculose. La Zona, c'est le tiers-monde russe.

Igor parlait sans arrêt et crachait régulièrement sur le sol, mais Kolia l'aimait bien. Ses histoires ne menaient nulle part, mais sa lourdeur et ses habitudes de vieux bronchitique le protégeaient de la folie entre les murs.

Un soir, après la tambouille, il demanda à Kolia :

— Tu sais pourquoi l'hiver est plus long chez les Iakoutes ?

— Parce que c'est l'hiver.

— Nan. Tu sais pourquoi les taureaux et les vaches, ils ont pas de dents de devant, comme toi ?

— Parce que c'est comme ça.

Et Igor, content, se lança, en mastiquant entre deux phrases un bout de bois juteux :

— La légende que ma mère me racontait dit que le taureau et l'étalon se sont disputés il y a très longtemps au sujet de l'hiver et de l'été.

Il cracha sur le sol.

— D'abord, l'étalon préfère l'été. Il dit au taureau : L'été, j'ai pas les pattes gelées.

— Igor, ta gueule ! (C'était Sacha, le gars qui faisait du *bizniss* avec le dehors.)

Igor l'ignora, il poursuivit :

— Le taureau, lui, il dit à l'étalon que l'hiver, c'est la meilleure saison. Ils se disputent tellement ce jour-là que l'étalon se fâche et lui casse six dents de la mâchoire supérieure. Le taureau, lui, il lui défonce la vésicule biliaire. Alors v'là qu'arrive le maître suprême de la nature, Toïon, qui habite le neuvième ciel près du lac au Lait.

Igor recracha sur le sol. Il était assis au milieu de ses crachats. Il délimitait son territoire avec les moyens du bord. Il se mouchait aussi d'une façon barbare : il se bouchait une narine avec la jointure et vidait l'autre sur le sol en expirant d'un coup sec, une technique que les yogis ont baptisée « pompe d'estomac ». Il reprit son récit :

— Toïon doit trancher, alors il donne raison au tau- reau, à moitié édenté : « L'été à partir de maintenant sera plus court que l'hiver. » Le maître se dit même que c'est pas mauvais pour l'étalon, de ne plus pouvoir se faire de bile. Kolia, t'as une tête de taureau quand t'en- lèves tes dents !

Il ne lui en voulait pas d'être un peu bête, c'était le moins méchant des gars. Mauvais voleur, assez soumis pour se faire sodomiser en public depuis son arrivée, mais pas franchement dangereux.

Kolia sut se faire respecter parce qu'il faisait rire, certains l'avaient déjà vu au cirque avec leurs parents et se demandaient ce qu'il foutait là. Quand il racontait, on se calmait, on l'écoutait, et on lui demandait d'exé- cuter quelques tours ; il s'exécutait toujours. Son grand succès dans la Zona fut sa seconde scène d'audition pour l'école des arts du cirque, qu'il n'avait jamais oubliée et qui contenait les trucs simples que tout voleur à la tire reconnaît. Il se demanda à la moitié de son séjour s'il arriverait à refaire ses entrées sur la piste après la prison. Il décida que non.

Quand on lui demandait où il était né, Kolia disait qu'il venait de trop loin. À ceux qui cherchaient à connaître la raison de son emprisonnement, il répondait qu'il avait volé pour la première fois à l'âge où les enfants apprennent à lire. On l'aimait bien, alors on n'insistait pas. Il était parmi les moins tatoués du groupe de prisonniers, mais l'un des rares, sans doute, à n'avoir pas choisi la série de chiffres inscrits sur son bras. La seule personne avec qui il parla du camp, de sa mère et de Iossif fut l'autre Kolia.

Qui créchait aussi dans le dortoir. Plus jeune que Kolia de trente ans, il avait voulu déserter l'armée. Il se faisait violer régulièrement par un gros pétersbourgeois sexagénaire. Il se plaignit auprès des gardiens qui firent la sourde oreille, ça ne les concernait pas, ils n'étaient pas sous-payés pour surveiller les activités sexuelles des bougres.

Kolia rappelait au jeune homme son père, qui fabriquait des violons. On ne connut pas le visage du père, mais on sait que son fils décida de mourir un jour à l'intérieur du périmètre contrôlé. Quelqu'un, en échange de clopes, avait fourni l'arme au petit déserteur.

Macha rendit visite à Kolia. Elle apporta des fruits séchés, des noix, des livres et du tabac pour le troc. Elle avait pris des couleurs et ça faisait plaisir à voir.

— Je mange pour toi.

Il se dit : Bravo, elle mange. Il l'écoutait à moitié. Il avait perdu l'habitude d'être attentif. Elle disait : J'ai trouvé un acheteur pour la datcha, et il se demanda pendant quelques secondes de quelle datcha il était question. Elle dit qu'elle s'installerait bientôt à Moscou pour enseigner. Kolia la félicita ; il ne savait pas vraiment quoi faire après la Zona. Elle lui suggéra de rentrer à Moscou avec elle.

— Je verrai après la vente.

— Ils te reprendront au cirque, c'est sûr, ça bouge, tu sais.

— À Moscou ? On me reprendra pas. Je veux pas non plus.

— Tu n'as pas plus de cheveux qu'avant !

Elle souriait à moitié.

— Pas de cheveux, pas de poux, dit-il.

Macha lui remit un kilo de fruits séchés.

— Les enfants apprennent l'anglais en écoutant des films de Walt Disney, c'est la mode maintenant. Et les mères rêvent toutes que leur mari se mette au *biizniiss.*

— On dit « business ». Ils sont beaucoup ici à faire du business.

Un gardien lui mit la main sur l'épaule. Le temps de visite était écoulé. On le ramena avec les autres. Macha reprit le train le jour même pour Moscou, au nord, à mille kilomètres de la colonie.

Bis

ELLE AVAIT loué une voiture et l'attendait à sa sortie. En quittant la Zona, on arrive devant un T. Si on tourne à gauche, on s'enfonce dans le pays ; à droite, on roule vers Moscou. Le temps était dégagé et sec, il n'avait pas plu depuis au moins une semaine, le gazon était jaune, les arbres avaient mauvaise mine, Kolia aussi. Il avait développé la même allergie au contact des vêtements de prison qu'en 1953. De grosses plaques rouges en relief sur les cuisses et les avant-bras, à gratter jusqu'au sang. À Rostov, elle lui acheta un onguent et un sandwich, qu'il dégusta lentement en le décomposant pour bien percevoir les saveurs : salade, tomate, viande, pain, beurre. Il éclata de rire en se grattant. Macha râla, il mettait de l'onguent et de la graisse partout où il posait ses doigts. Il mangea un bout de chocolat. Après quoi il s'endormit et la nuit tomba. Ils arrivèrent à Moscou le lendemain.

La ville avait changé, des boutiques chic avaient poussé et on trouvait une quantité de produits chers et superflus au magasin, alors qu'on peinait à trouver l'essentiel, la base. Macha gagnait un peu d'argent depuis qu'elle avait obtenu un poste d'institutrice dans une école de Moscou et se chargeait des courses, elle connaissait les nouvelles marques ; Kolia étouffait dans les boutiques et les épiceries ; de toute façon, il avait ses habitudes, ses produits rassurants, ses trucs pour vivre bien.

Il dormait dans le salon à peine plus grand que la minuscule cuisine dont l'espace total était occupé par une table, Macha s'était approprié la chambre. La vente de la datcha permit à Kolia de prendre une pause. Il avait cinquante-six ans, un dentier dans la bouche, une drôle de tête qu'il avait appris à tolérer ; il avait fait les camps et la Zona, travaillé dans les égouts de Moscou et au cirque ; il n'avait pas souvent eu le loisir de choisir et, maintenant, il était fatigué.

QUATRIÈME PARTIE

Le monde dans une boîte noire

IL VÉCUT avec la télé, mangea, hurla de rire et se masturba devant elle, dormit avec elle ; il plongea en elle jour et nuit, à tel point qu'il lui arrivait d'entendre dans son sommeil l'indicatif de ses émissions préférées.

Au courant de l'hiver 1994, il reçut quand même une lettre qui lui avait d'abord été adressée à Rostov en octobre 1993, puis envoyée à Moscou aux frais des nouveaux propriétaires de la datcha. Elle était de Tania, la sœur de Iossif. Il ne lui avait pas parlé depuis une génération.

La lettre était rédigée en français. Il avait perdu l'habitude de lire les textes manuscrits dans la langue de Iossif. Il mit donc un après-midi entier à la déchiffrer, comparant les *i* et les *l,* les *a* et les *o,* parfois les *r* et les *i* parce que Tania ne marquait pas les points sur les *i* minuscules et omettait la patte du *a.* Elle avait gardé cela dit son sens du drame poétique. Elle ouvrait sa lettre avec un vers en russe des *Cahiers de Voronej* de Mandelstam : *Да, я лежу в земле, губами шевеля.*

Dans l'enveloppe Tania avait aussi glissé une coupure de journal récent, où il était question d'un cinéaste allemand, Hans-Jürgen Schaeffer. Elle racontait dans la lettre la naissance de sa fille en 1969, son divorce. Elle ne disait rien sur le Hans-Jürgen de l'article. Elle invitait Kolia à fêter la nouvelle année avec elle. Mais la lettre avait tardé, le nouvel an était passé et l'hiver installé. Elle laissait un numéro de téléphone.

Il ne dit rien à Macha. Le lendemain, il composa les trois premiers chiffres du numéro, mais il avait les paumes moites, et le combiné du téléphone lui glissa des mains. Il remit cette tâche au week-end. Dimanche, la tâche s'était transformée en corvée ; il la remit à lundi. Mardi, il but une bière, raccrocha dès qu'il entendit une voix féminine. Mercredi, à deux doigts de la crise cardiaque, il dépoussiéra finalement son français. Vendredi, il enfila son jean noir le moins délavé, un t-shirt gris chiné sur lequel il avait fait écrire une phrase, « Ma main dans ta poche », ramassa son walkman et une cassette de New Order, puis il sortit de la maison en oubliant de se peigner ; il retrouva Tania Branch au café.

Elle l'embrassa.

— Tu as lu ? Tu as vu le film ?

Elle ne prit aucune nouvelle de lui, ne dit rien de sa famille, parla de sa redécouverte de Mandelstam avec une familiarité qui le surprit, elle le cita de mémoire en russe et en français dans une traduction de son cru, « Oui, je suis enterré, pourtant mes lèvres bougent », puis elle enchaîna sur l'homme de l'article et son « œuvre », un film qui avait été à l'affiche au début de l'année, dit-elle. Un quart de siècle au moins s'était passé dans le silence entre eux et c'est de cet homme qu'elle voulait lui parler. Bon. Kolia se demanda pendant un instant si Iossif n'avait pas changé d'identité en Allemagne. Mais non, elle répondit à la question avant même qu'il ne la formule.

Oui, il avait lu l'article. Oui, il avait trouvé une « certaine » ressemblance entre son histoire personnelle et le récit du film, mais sans plus. Non, il n'avait pas vu le film. Il n'était plus à l'affiche depuis un mois et demi. Il avait vérifié.

— Évidemment que tu ne l'as pas vu. Tiens, une vidéo, tu as la machine pour le voir ?

— Non.

— Viens chez moi, ma fille dort chez son fiancé ce soir.

Il la suivit. Elle habitait un trois-pièces excentré mais ne partageait sa cuisine et sa salle d'eau avec personne. Le plafond était bas et les murs blancs sauf dans la cuisine, où sa fille fumait. Il y avait dans le salon une carte récente du monde et quelques punaises de couleur plantées en Russie et un peu à l'ouest. Jaune quelque part en Suisse. Pourpre à Moscou. Rouge à Magadan. Rose au hasard en Sibérie occidentale. Noire en Roumanie.

Il lui demanda si sa fille avait voyagé. Tania le regarda, étonnée, et répondit que non, évidemment pas. Elle prépara la machine, glissa dans la fente la grosse cassette, sélectionna la bonne chaîne sur le téléviseur, tamisa l'éclairage dans la pièce et s'installa, une jambe repliée sous les fesses, une Wrigley dans la bouche. Pendant la première demi-heure, elle fit éclater une bulle aux trente secondes.

Kolia se fit raconter son enfance dans les mots d'un autre homme. Le film, tourné en allemand avec sous-titres russes, était à la limite du mélodrame. Le réalisateur, à qui on avait déjà reconnu un certain talent pour le docufiction, mégalomane se prenant pour Werner Herzog, avait tourné en Pologne des scènes très dures de camps de travail sibériens. La description de la hiérarchie au camp manquait de finesse, les brutes étaient des brutes, les prisonniers des imbéciles finis. Mais il n'y avait aucun doute dans la tête de Kolia, le protagoniste, c'était bien lui.

Après le générique, il déplia son bras, engourdi à cause de sa posture sur le canapé. Il ne savait pas quoi dire. Il ne comprenait pas. Il la laissa parler. Elle expliqua qu'après avoir lu l'article, avant Noël, elle avait contacté le journaliste, qui avait accepté de transmettre sa lettre au cinéaste. L'Allemand était venu la voir à Moscou et lui avait raconté comment il était tombé un jour sur son frère. Iossif aurait réussi à intégrer les rangs de l'Armée rouge en 1953, au moment de sa « disparition », grâce à son protecteur. Il se serait rendu en Roumanie vers la fin de l'hiver. C'est là-bas, en 1955, qu'il aurait rencontré l'Allemand. Il lui aurait parlé de Kolia, de sa naissance dans la Kolyma, du français, et du reste.

— Et là, il est où ?
— Bah, il est mort.
— Quand ?

— L'Allemand dit qu'il est mort en 1955.

— Comment il sait ?

— Il l'a trouvé.

— Comment ?

— Je te dis qu'il l'a trouvé.

— Oui, mais comment ?

— Il s'est tué, Kolia.

— Ça fait quarante ans, oui, mais je veux savoir comment.

— Je ne sais pas. J'ai le numéro de l'Allemand à Berlin. Il parle russe, pas français.

Elle s'alluma une cigarette, il descendit un verre de vodka, la chaleur le calma. Il lui demanda si elle avait besoin de quelque chose, si tout allait bien. Pour toute réponse, elle l'embrassa sur la bouche avec la langue. Il la repoussa un peu, elle rappliqua, insista en lui cherchant le sexe avec les dents à travers le tissu de son pantalon, alors, surpris, il la laissa faire, ça faisait un bail qu'une femme ne s'était pas jetée sur lui.

Il eut l'impression, ce soir-là, que le monde se dérobait sous ses pieds en trois temps : pendant le film, pendant la discussion qui suivit le film, et en elle. Il voulut rentrer chez lui après avoir joui. Elle essaya de le retenir sur le pas de la porte.

— Tu oublies le numéro de l'Allemand.

— Non, je l'ai mémorisé, tu le sais.

— Mets-le dans ta poche.

Il voulut savoir si elle avait toujours accès au réseau.

— Si j'ai besoin d'aller en Roumanie, tu peux m'aider ?

— Oui, c'est facile maintenant.

— Je sors de prison.

Elle soupira.

— Qu'est-ce que tu as fait pour y aller ?

— Pickpocket comme au cirque, mais sur les quais de gare, dit-il en pointant sa poitrine et la phrase qu'il avait fait inscrire sur le t-shirt.

— C'est jouable.

Il prit congé en l'embrassant sur les joues et rentra en taxi.

Schaeffer

AU TÉLÉPHONE, il eut à peine l'air surpris. Kolia voulut limiter la conversation à un échange de questions et de réponses, mais l'Allemand appartenait à la race gluante des sentimentaux faussement cyniques. Et c'est sans doute cet étalage d'émotion chez lui qui avait gâché son film. Kolia obtint tout de même deux ou trois réponses précises, il apprit que Iossif avait utilisé une arme à feu pour se tuer et qu'il ne s'était pas raté.

— Difficile de se rater avec un canon dans la gueule.

L'autre garda un silence convenu que Kolia brisa en lui demandant si Iossif s'était tué à Bucarest.

— Oui.

L'Allemand avait trouvé son corps dans la chambre qu'ils occupaient clandestinement à trois. Le type qui la louait, un ami commun, avait passé la nuit dans la ruelle avec une prostituée. Iossif était nu, la mare de sang avait atteint les pattes de lion du grand sofa défoncé. Il avait fait disparaître ses papiers dans l'évier de la cuisine (un petit feu, dont il n'était resté que les cendres et l'allumette sur le sol) et ses vêtements de soldat, jamais retrouvés. De telle sorte que personne sauf l'Allemand et l'amateur de putes n'aurait pu l'identifier formellement. Ils avaient déguerpi avant l'arrivée des agents. Hans-Jürgen avait eu le temps d'esquisser le visage du mort sur une page blanche arrachée à un livre, de descendre au rez-de-chaussée de l'immeuble, de composer un numéro de téléphone, puis de s'éclipser. Kolia voulut voir l'esquisse.

— Je l'ai perdue.

— Tss.

— C'est vrai.

— Pourquoi l'avoir dessiné mort ?

— Faute de mieux. Avant, on photographiait les morts pour les garder vivants en quelque sorte. Le visage des morts m'apaise. Je voulais garder le sien.

— Même avec un trou dans la gorge et une flaque de sang en toile de fond, ça vous intéressait ?

— Même, oui.

— Je l'aimais plus que mon père.

— Je sais, mais…

— Merci, monsieur.

— Schaeffer.

— Schaeffer.

Il rappela Tania. Il lui demanda au téléphone si les papiers pour sortir de Russie et entrer en Roumanie – pour une semaine –, c'était possible.

Le bras long mit du temps à se déployer, deux semaines, mais il prouva que, d'un système politique à l'autre, il était possible de contourner les règles en toute impunité. Pour la remercier, Kolia se sentit obligé de passer une heure chrono sur le canapé avec elle, chez elle parce que la fistonne découchait souvent mais pas Macha, qui venait d'adopter un matou dont les capacités urinaires compliquaient la cohabitation.

Vers l'ouest

IL ENTRA dans la zone internationale comme dans un moulin, après un simple contrôle. Il s'assit sur un banc dans l'aire d'attente et observa le manège des grandes filles près des novorichis. Les doigts lui démangeaient. Il résista à l'envie de pratiquer son art, tira le journal de son sac à dos et se cacha derrière l'actualité.

L'avion puait le kérosène et la vieille urine, mais il adorait les décollages, quand tout bringuebale et que les hôtesses se tiennent droites comme des I sur leur siège, avec un calme composé. Ensuite, il dormit comme il put, c'est-à-dire peu mais bien.

À vingt-deux heures, le 20 juillet 1995, il passa la frontière roumaine. Il faisait trente et un degrés à Bucarest. Les douaniers à peine salués, une jeune femme lui tendit une publicité pour le casino de l'hôtel Inter-Continental. Il ne lisait pas l'anglais, laissa tomber la feuille sur le sol de l'aéroport, qui en était jonché.

Il héla un taxi et lui tendit le bout de papier où il avait noté l'adresse de son hôtel, situé assez loin du centre de la ville. L'homme lui parla en anglais ; Kolia lui répondit en russe. Le chauffeur lui jeta un regard dans le rétroviseur pour lui signifier qu'il y avait un malaise. Kolia passa au français et l'atmosphère se détendit ; oui, le français, ça allait, même que ça changeait tout. Le chauffeur stoppa le compteur du véhicule.

— Tu viens à Bucarest pourquoi ?

— Pour un ami malade.

— Un Roumain ?

— Non.

Kolia s'efforça de sourire.

— Moi, c'est Mihail.

— Kolia.

— T'es Russe ou Français ?

— Russe.

— L'hôtel que tu cherches, c'est un ancien hôtel du Parti. C'était plutôt chic dans les années soixante-dix. Maintenant, ça va, disons que c'est passable.

— Ça m'ira.

— Si tu as besoin d'une voiture, tu pourras m'appeler.

Mihail lui raconta l'histoire de la ville à mesure qu'ils la traversaient, il connaissait Bucarest par cœur même dans le noir. Il le déposa devant la Casă Cotorgeanu, griffonna son numéro de téléphone sur un carton d'allumettes. L'hôtel, une tour beige comme la plupart des immeubles récents de la ville nés de la philosophie architecturale constructiviste, ressemblait à un bunker. Pas de dépaysement de ce côté-là. Kolia s'enregistra à l'accueil, monta à sa chambre et sauta sous la douche, qu'il dut prendre sans savon, oublié à Moscou; l'hôtel n'en fournissait pas. Une eau rouillée, ou charriant de la boue – l'origine du dépôt n'était pas claire –, lui tomba dessus. Au bout de trente secondes, ça se mit cependant à s'éclaircir, et il put se laver les cheveux et le corps avec le shampooing. Il repéra du coin de l'œil le rouleau de papier hygiénique rose presque sur sa fin et comprit que, s'il attrapait une grippe intestinale à cause de l'eau douteuse, ce rouleau ne suffirait pas; il garda la bouche fermée. Il mit des vêtements propres, jean noir et chemise blanche, manches déroulées jusqu'aux coudes.

Il descendit, affamé, les cheveux mouillés, au restaurant de l'hôtel, même s'il était un peu tard. C'était une grande salle de bal sans décoration qui ressemblait à un gymnase, où des tables rondes avaient été disposées sans logique.

— *Room number?* lui demanda une demoiselle à la voix grave et forte.

— Pardon?

Il se résolut à ne plus utiliser le russe du reste de son séjour.

— Votre numéro de chambre? redemanda l'hôtesse sur un autre ton (on se méfiait des pique-assiettes autochtones comme de la peste).

— Dix-huit.

— Bon appétit, monsieur, fit-elle en lui désignant le buffet.

Il se servit du jambon tranché épais, des petits pains, du beurre, des cubes de fromage, des tranches de tomates sans jus et un thé. Il jeta un coup d'œil aux alentours. La

salle était dotée d'un plafond de cinq mètres, de fenêtres immenses et à carreaux qui devaient prendre cent
heures à nettoyer, et d'un plancher de béton moucheté
sur lequel la porcelaine et le verre devaient immanquablement se fracasser lorsque les gros de la place buvaient
trop. Une dizaine de clients traînaient dans la salle, ils
n'étaient pas plus de deux par table, des hommes d'affaires ukrainiens, bulgares, un Américain, des Roumains, aucune femme. Kolia mangea en silence, devant
la fausse flamme du lampion qui grillait une mouche
sur la table.

Le lendemain, il se leva avec le soleil et prit un taxi quel-
conque. Rendu au cœur de la ville, il chercha à pied
l'adresse que Hans-Jürgen Schaeffer lui avait donnée,
un immeuble s'y trouvait peut-être encore, à quelques
rues de la Piaţa Revoluţiei, où la révolution de décembre
avait eu lieu six ans plus tôt. Il passa devant la belle
maison des écrivains (casa Monteoru), s'arrêta dans un
bureau pour changer de l'argent, puis il trouva le lieu.
Encadré de deux arbres massifs, l'immeuble avait un
petit air haussmannien mais n'offrait plus de chambres.
Il proposait plutôt des nettoyages faciaux, l'épilation à
la cire et au sucre, des massages suédois, du maquillage
permanent. Kolia prit une photo sans trop savoir pourquoi. Il décida de ne pas entrer. Il rebroussa chemin. Le
temps était au smog, la pollution rendait assez difficile
la marche même modérée. La ville baignait dans un
nuage d'humidité écrasant. Il héla un taxi en maraude
et retourna à l'hôtel, où il appela l'Allemand. Kolia lui

raconta qu'il était arrivé la veille, qu'il avait repéré l'immeuble où Iossif s'était tué : un salon de beauté un peu vulgaire. Ça fit rigoler Schaeffer, une boutique de soins esthétiques là où se trouvait dans les années cinquante un hôtel borgne. Il expira la fumée de sa cigarette dans le combiné du téléphone. Kolia lui demanda le nom du cimetière où Iossif avait été enterré. L'autre pouffa de rire, puis s'étouffa et partit dans une longue quinte de toux. Il mit du temps avant de reprendre son souffle et jura en allemand. Kolia attendit sans dire un mot. L'appel lui coûterait l'équivalent d'un repas au restaurant.

— Cherche du côté des fosses communes.

Bar Absinthe

DURANT sa jeunesse, les corps disparaissaient dans le sol sans cérémonie. Parfois, l'été, au moment du dégel, il arrivait que les animaux déterrent un fémur, un crâne.

Il appela Mihail à onze heures du matin. Le chauffeur de taxi arriva en moins d'une demi-heure. Kolia lui exposa son problème.

— T'avais une tête, aussi, à chercher un mort.

— Il est mort en cinquante-cinq.

— Tout le monde ici cherche un disparu, c'est d'un commun.

— Oui, mais le mien est mort sans nom.

— Sans nom ?

— Oui, il a brûlé ses papiers avant.

— Avant quoi ?

— Avant de mourir.

— Bon, et après ? Cinquante-cinq, c'est loin.

— Je sais. Il paraît qu'il aurait été enterré dans une fosse commune.

Mihail lui suggéra de le retrouver au bar Absinthe le soir même. Il lui tapota l'épaule.

— Je ne peux pas t'y conduire ce soir, mais j'y serai. On en reparlera à l'Absinthe. Tu veux que je te dépose quelque part ?

— Une librairie et un café. Si possible près de ce bar, Absinthe ?

Mihail le laissa devant une superbe librairie qui occupait le rez-de-chaussée d'une maison fin xixe ayant survécu à l'ère beige et granito du communisme. On y trouvait surtout des livres en roumain, des traductions de classiques de la littérature mondiale, revisitée massivement depuis l'ouverture. Dans un coin, il tomba sur une sélection modeste de journaux français, dont un *Libération* de la veille, qu'il acheta avec un guide maison de Bucarest en français. Il s'installa au café-restaurant d'en face, où il luncha et traîna tout l'après-midi, enchaînant cafés et eaux minérales. Il y soupa vers dix-neuf heures d'une assiette de bœuf à la Stroganoff sans grande saveur, mais assez costaude pour lui permettre de tenir jusqu'au matin.

Vers vingt et une heures, il se rendit au bar Absinthe, aménagé dans un appartement sur deux étages. Il hésita, l'endroit avait un look étrange, mi-gothique mi-punk, mais le guide informel de Bucarest le classait parmi les bars en vue de la ville. Il attendit vingt et une heures tapantes pour entrer.

Le rez-de-chaussée se divisait en trois pièces décorées différemment. La première, peinte en rouge, contenait deux tables déjà occupées par des couples aux cheveux noirs qui s'embrassaient à pleine bouche. La deuxième était inoccupée et moins sombre ; murs lilas, musique assourdie. La troisième, ouverte, un endroit de transition entre les deux étages, tenait lieu de sas et donnait sur l'escalier menant au sous-sol. L'essentiel de la clientèle se concentrait dans la cave. Apparemment, c'est là qu'il fallait être.

Kolia se retrouva parmi une vingtaine de jeunes à moitié soûls ou drogués, qui avaient tous les yeux rouges sous les rares lampes suspendues de la salle au plafond bas. Il faisait sombre et glauque comme dans une caverne, et les serveuses étaient en fait des serveurs qui portaient les cheveux longs dans un mélange des genres sexuels très glam rock. Il repéra Mihail, flanqué d'une femme.

— Viens, suis-nous dans la pièce mauve, on remonte.

Ils s'installèrent au rez-de-chaussée dans la pièce tranquille. Le serveur au nez percé prit la commande dans les deux langues. Il revint rapidement avec trois drinks et referma la porte derrière lui.

Mihail présenta Cristina à Kolia. Il lui expliqua qu'elle travaillait pour la ville et qu'elle avait accès légalement aux archives de la police – au registre des morts par année, précisa-t-elle en russe.

Elle comprenait le français mais ne le parlait pas, elle se débrouillait en russe. La conversation se déroula donc dans trois langues. Roumain entre Mihail et Cristina, français entre Mihail et Kolia, russe et français entre Kolia et Cristina.

En montant l'escalier, Kolia avait été fasciné par le

chignon de la taille de deux poings de femme réunis qu'elle portait bas. Elle était jeune, trente-cinq ans tout au plus, très brune, jolie pour ce qu'il pouvait en juger sous cet éclairage, mais Mihail la couvait des yeux, il n'y pensa donc même pas.

Il but avec eux jusqu'à ce qu'une douleur lui barre le ventre. Mihail avait bu autant que lui, mais il rassura Kolia sur ses talents de conducteur. « Je tiens l'alcool comme un sportif. » Devant l'Absinthe, Cristina tira un carnet de la poche de son chemisier et nota l'adresse où Iossif avait été retrouvé mort, l'année, le numéro de chambre de Kolia pour le rappeler le lendemain. Il était une heure du matin, Kolia tombait de fatigue. La voiture de Mihail passa trois fois devant le World Trade Center de Bucarest ; Kolia dut le lui faire remarquer avant qu'il retrouve le chemin de l'hôtel.

Fosse x

LA FOSSE se trouve en banlieue de Bucarest, lui annonça Cristina au téléphone. Quelques corps non réclamés d'étudiants tués sur la Piața Revoluției en 1989 ont été enterrés au même endroit. Il était trop tard pour le petit-déjeuner dans la salle de bal de l'hôtel, mais trop tôt pour le lunch. Il avait rendez-vous avec les deux Roumains à treize heures trente devant l'hôtel. Pour tuer le temps, il marcha un peu dans les alentours, mais il n'y avait pas d'alentours à proprement parler, un désert industriel, une route sur laquelle il était impossible de marcher longtemps car elle n'avait pas été conçue pour les piétons. Il rentra dans sa chambre et entreprit de se raser. Il n'avait pas touché à son visage avec une lame depuis son départ de Moscou. Il avait l'air sale, d'une brute, avec sa barbe drue qui lui mangeait la moitié de la face, mais ça lui donnait l'impression, dans la glace, d'être quelqu'un d'autre, comme lui-même enfin, peut-être. Il recula tout en fixant son reflet dans le miroir, s'évalua, puis se ravisa. Il rangea la lame et la mousse dans son sac et descendit manger, avec cette tête dont il décida qu'elle lui plaisait. En bas, on ne lui demanda pas son numéro de chambre.

Dans la voiture, Mihail l'attendait sans la fille.

— Elle s'excuse. Son fils, tu comprends. Elle a un fils de cinq ans, Mircea. Il est revenu de l'école, ce midi. Mais j'ai l'adresse, dit-il en lui ouvrant la portière de l'intérieur, cigarette sans filtre au bec. Il y avait de la cendre sur le sol de la voiture et des trous dans la moleskine.

Ils quittèrent la ville, l'endroit se trouvait à une quarantaine de kilomètres. Sur la route, Kolia garda un silence que Mihail respecta.

Cristina n'avait pas dit si la fosse avait été vidée avant la révolution de décembre, mais c'était peu probable, puisque rien n'a été bâti à cet endroit ; c'est un champ où poussent de mauvaises herbes et des fleurs quelconques, dont on a l'habitude mais qui portent un nom qu'on oublie en général.

Mihail se gara sans couper le moteur dans un des deux sentiers libres d'accès qui menaient au lieu.

— Quinze minutes, t'en as assez ?

Kolia fit signe que oui.

— À tout de suite. Ça me déprime trop, cet endroit. Des amis sont morts. La Piața, tu sais. Enfin, je reviens.

Le Roumain jeta son mégot par la fenêtre et lui dit, la tête sortie :

— Ton ami, c'était pas un enfant de chœur…

— Moi non plus, tu sais.

Mihail lui décocha un sourire admirable, puis il recula lentement jusqu'à la route. Kolia déroula les manches de sa chemise parce que les branches fines des arbustes lui égratignaient la peau. Il arriva à un tertre où il s'assit en tailleur, parcourut l'étendue du regard, une clairière, et il se demanda combien ils étaient là-dessous, avec Iossif. Il n'y avait plus personne, c'est entendu, mais il se demanda combien. La boue avait crotté ses chaussures, un insecte montait le long de sa jambe, le vent faisait gonfler sa chemise déboutonnée à moitié, il détailla la nature, banale.

Il était seul. Alors, il le salua à sa façon, qui n'appartient pas à l'histoire, et le soir même il rentra à Moscou avec l'adresse d'un nouvel ami en poche et le sentiment, dont il ne savait pas encore s'il était confortable, de peser moins lourd.

Note de l'auteur

LA RUSSIE est au centre de mes préoccupations intellectuelles et artistiques depuis une quinzaine d'années,
mais c'est en 2004, lors d'un voyage en Roumanie, après
avoir vu opérer un pickpocket prestidigitateur devant
une église orthodoxe à Bucarest, que j'ai eu l'idée de
ce roman.

Je n'ai jamais mis les pieds en URSS, j'ai commencé
à m'intéresser à la Russie après l'effondrement du bloc
de l'Est. Pour faire entrer l'histoire dans la fiction, j'ai
parfois joué dans mon roman avec les codes soviétiques
et les règles du cirque.

Plutôt que de retourner à des voix puissantes de la
littérature du goulag, comme celles de Soljenitsyne et de
Chalamov, j'ai préféré puiser mes informations dans les
documents historiques, les témoignages et les ouvrages
de référence comme entre autres le *Goulag* d'Anne Applebaum (*Goulag : une histoire,* traduit de l'anglais [États-
Unis] par Pierre-Emmanuel Dauzat, Paris, Grasset,
2005) ou les documents d'Amnistie internationale sur

les conditions de détention en Russie avant le changement du Code de procédure pénale en 2002.

J'ai me suis beaucoup inspirée des photos qu'Henri Cartier-Bresson a prises à Moscou en 1954 (*Moscou vu par Henri Cartier-Bresson,* Paris, Delpire éditeur, 1955) et de celles de Carl De Keyzer sur la Zona (*Zona,* Londres, Trolley, 2003) ; des mises en scène exceptionnelles et qui donnent à voir, surtout, des visages.

J'ai appris dans le *Traité du funambulisme* de Philippe Petit (préface de Paul Auster, Arles, Actes Sud, 1997) que le cœur des câbles et cordes s'appelle l'« âme ». Je citerais aussi en référence son livre sur le vol à la tire (*L'art du pickpocket : précis du vol à la tire,* préface de Howard Buten, Arles, Actes Sud, 2006). L'œuvre circassienne de clowns célèbres tels que Karandache, Oleg Popov, Iouri Nikouline et Annie Fratellini m'a quant à elle permis de composer les personnages sur piste de Kolia, Bounine, Pavel et Ioulia.

Les vers cités par Kolia dans sa lettre à Tania sont tirés du poème de Maïakovski intitulé « À la maison » (1926) ; ils ont été retranchés des versions ultérieures du poème suivant la recommandation de Brik (cf. Roman Jakobson, *La génération qui a gaspillé ses poètes,* Paris, Éditions Allia, 2001, p. 54-55).

L'homme blanc est bien sûr le titre de la seconde période des *Enfants du paradis* de Marcel Carné et le nom qu'on a déjà donné au Pierrot, au mime, à celui qui ne parle pas sur scène ou sur piste.

Table des matières

CRÉDITS ET REMERCIEMENTS

Les Éditions du Boréal reconnaissent l'aide financière du gouvernement du Canada par l'entremise du Fonds du livre du Canada (FLC) pour leurs activités d'édition et remercient le Conseil des arts du Canada pour son soutien financier.

Les Éditions du Boréal sont inscrites au programme d'aide aux entreprises du livre et de l'édition spécialisée de la SODEC et bénéficient du programme de crédit d'impôt pour l'édition de livres du gouvernement du Québec.

Couverture : Les Éditions du Boréal

MAQUETTE : LES ÉDITIONS DU BORÉAL
MISE EN PAGES : LE QUARTANIER ÉDITEUR

ACHEVÉ D'IMPRIMER EN FÉVRIER 2013
SUR LES PRESSES DE L'IMPRIMERIE GAUVIN
À GATINEAU (QUÉBEC).